赵树理

小说选

Zhao Shu Li

灵泉洞

（1951—1958）

赵树理　著

中国言实出版社

图书在版编目（CIP）数据

灵泉洞 / 赵树理著 . -- 北京：中国言实出版社，
2021.10

（赵树理小说选）

ISBN 978-7-5171-2176-3

Ⅰ.①灵… Ⅱ.①赵… Ⅲ.①评话—中国—当代

Ⅳ.① I239.8

中国版本图书馆 CIP 数据核字（2021）第 035667 号

出 版 人　王昕朋

责任编辑　张国旗

责任校对　代青霞

出版发行　**中国言实出版社**

地　址：北京市朝阳区北苑路 180 号加利大厦 5 号楼 105 室
邮　编：100101
编辑部：北京市海淀区花园路 6 号院 B 座 6 层
邮　编：100088
电　话：64924853（总编室）　64924716（发行部）
网　址：www.zgyscbs.cn
E-mail：zgyscbs@263.net

经　　销　新华书店

印　　刷　徐州绪权印刷有限公司

版　　次　2021 年 10 月第 1 版　2021 年 10 月第 1 次印刷

规　　格　787 毫米 ×1092 毫米　1/32　6.875 印张

字　　数　118 千字

定　　价　45.80 元　　ISBN 978-7-5171-2176-3

目录

I

1951年

表明态度 ①

这是我一九五一年夏天在山西长治专区草拟的一个电影故事，后来因故搁置，今天看来也还可以当个故事看看，所以又把它拿出来了。

一

太行山区有个贫农名叫王永富。他在一九四三年春天，才从减租运动中得到一部分土地和半个耕牛。他正准备春耕，偏碰上日军到他村里扫荡。他是村里的武装主任，领着民兵掩护群众退到深山里，全村人口没有一口损失，可惜把牲畜藏在另一个山洼里，被敌人发现，完全给拉走了——他自己的半个牛自然也在内。

直到立夏，敌人才退走。这时候，正应该抢种，可是

———————————
① 原载《文艺学习》1956 年第 8 期。

灵泉洞

全村没有一头牲口。贫农中间有个李五，想了个抢种的办法，是用四人拉犁、一人扶犁、儿童跟在后边随犁下种。大家觉着这个办法能用，就分头碰组，进行抢种。

武装主任王永富和民兵铁柱、金柱都并入李五的一组，共同推选李五当组长。李五老婆也是个会种地的，在耕地时候[①]由她扶犁，由李五、永富、铁柱、金柱四人拉犁。李五老婆一边扶着犁，一边用"吁吁、窝窝"喊牛的口号向他们四人开着玩笑。李五的女儿腊梅和永富的孩子小春，那时候都是十三岁的孩子，两个人跟在犁后边随犁下种，有时候互相争夺起来，李五老婆还得给他们说和。

从这时候起，村里就成立了好多互助组，以李五这一组算模范；几年以后，这个组增加到十几户，仍选李五当组长。

后来日本帝国主义投降了，自卫战争的战线也渐渐离得远了，生产提高了，财富增加了，村里买牛的、置车的、修房的、打井的也慢慢多起来。李五组里的组员有好几户买了牛，数永富的牛大。

永富的孩子小春与李五的女儿腊梅同在一个组好几年，感情很好，到一九五一年春天，两个人结了婚。

这时候的王永富，经济上也宽裕了，孩子长大了，并

---

① "时候"，此处为方言用法，相当于"……时""……的时候"。后文有同类用法。

且娶了媳妇，便觉得革命成了功，因此又觉着这时候参加
互助和担任干部工作都成了累害，只是自己入过共产党，
背着个进步名号，有些退坡的话不好说出口来。

永富老婆是个心地窄小的人，吃不得一点儿小亏，谁
要是招挂着她一点儿利益，她就能唠叨好几天——凡是永
富不好意思说出口来的话她都说出来了。永富对外人虽然
也怪他老婆不该叨叨，不过心里可十分赞成他老婆替他说
说；他老婆也很明白他的心思，所以越遭到他的阻拦，就
越要多说几遍。这样装模作样瞒不了大家的眼睛，所以凡
是谁受过永富老婆的气，背地里都只骂永富。

二

这年①春节过后，便要布置春耕。一天夜里，李五组
开第一次会，讨论两件事：第一件是本年有没有出组和入
组的户，第二件是当前应先做什么活。在讨论第一件事
的时候，李五说："腊梅既然出嫁了，就成了永富家的一
口人了，可是永富到县里开会还没有回来，不知道他是
不是还让腊梅入互助组。"小春说："那还成什么问题？"
李五老婆说："亲家现在的脾气变得有点古怪，还是问问

---

① 就是一九五一年。——作者原注。

他吧！"腊梅说："我是青年团支书，事事应该争取模范，不能因为结了婚就退步，不过为了尊重老人家，应该问问他，想他也是村干部，没有不答应的！"在讨论第二件事的时候，决定先给铁柱家的沟地补壑子——因为这时候的地里还没有完全解冻，别的活都还不好做。

三

其实这天晚上当他们才集合起来开会的时候，永富已经从县里回来了，只是他已经觉着互助组讨厌了，所以装不知道，吃了一碗剩饭，就匆匆忙忙睡了觉。

第二天早晨，腊梅见了永富，还没有赶上问他入组之事，永富先从衣袋中取出一封信来递给腊梅说："团委通知你叫你今天到区里去开会！"腊梅一边接信，一边问："什么事？"永富说："无非是什么'抗美援朝''加紧春耕'一些烂扯淡话！有什么要紧事？"看他说话的神情，好像十分疲倦。腊梅见他这样，实在想批评他，只是才过门的新媳妇要批评起这位思想上发生了变化的公公来，估计他接受不了，所以只皱了皱眉头，便去拆看方才收到的信。腊梅看了来信，自言自语说："这次会要开三天！"永富说："开吧！有什么法子？一年尽开会，什么也不用办了！"腊梅又问他入互助组的事，永富还没有答话，他老婆就抢着说："你们三个都参加了互助组，家里的事叫谁做？喂猪、喂牛、做饭、碾米、磨面，没有娶媳妇由我一个人顶，娶了媳妇还要让我顶吗？我做够了！家当将来都是你们的！我再不给你们当这老牛！以后我什么事情都不管了！"永富和腊梅说："先开会去吧！回来再说！"腊梅没有再说什么，只是微微摇了一下头，就打起自己的背包到区里开会去了！

四

按几年来的习惯，互助组上地时候是打钟集合，一组一个地点。李五组的集合地点是村里一排白杨树下。腊梅起程之后，村里已经打了钟，李五组的人陆续来到白杨树下，只是小春没有来，等了很久仍没个踪影。一个青年说："让我去看看！"说了便往永富家去。他走近永富家门口，就听得小春和永富老婆母子们争吵，只听见吵得很凶，却听不清吵些什么，赶①走到跟前，见小春和他妈两个人共同拉着一条牛缰绳，一个往里拉，一个往外拉，把一头老大牛拉得不知道该怎么走才好。

---

① "赶"，此处为介词，"等到（某个时候）"的意思。后文有同类用法。

五

原来腊梅走后，永富老婆怪永富说："咱家有地、有人、有牲口，好好蒙住头种咱自己的十几亩地，多么自在？你们老的小的，每天起来开会呀、互助呀，尽和别人打哈哈！花了几十石粮食买来个好牛叫给大家支差！互助对咱有什么好处？"永富说："多年来弄成这种关系了，我有什么法子？难道我能说出退组的话来？""只是你舍不得丢开你那宝贝组！你要是舍得，还用得着你说话吗？只要你不管，我就有办法！""好！以后我能不管就不管！就看看你的本事！"

六

小春端着碗去送腊梅，送走腊梅后还没有回到家，就听得打钟，所以匆匆忙忙把碗送回去，取了个镢头就往白杨树下跑。他一出门，忽然想起头天晚上决定用他们的牛套车拉石头，这才又返回去到牛圈里牵牛套车。永富老婆听见牛铃叮咚叮咚响，揭开门帘一看，见小春已经把牛牵出来，她觉着这正是试一试"本事"的时候了。她三脚两步跑出来拦住小春说："牵牛干什么？""互助组拉石头！""不行！你们互助组使牲口没个轻重！去年冬天拉煤，有一次把牛使得满身是汗，你倒忘了？使坏了那又不是三两个钱的东西！""拉轻些就是了！""不行！""我已经答应下人家了！""我没有答应！他也没有问过我！"小春见她不放，就向着屋里喊："爹！我妈不叫牵牛！"永富半天没答话，小春又喊了一声，才听他慢腾腾地答应了一声"我不管"。小春急了，便要把牛强往外拉；他妈夺住半截缰绳往里拉。就在这时候，组里那个青年就跑来了。

七

这个青年见永富老婆不放手，劝了一阵也没有用，才又想到先把这情况回报到组里，可是等他回到白杨树下，全组人走得一个也没有了。

八

这位青年随后赶到给铁柱家地里补壅那个工作地点，见大家正在沟口一堆乱石头中间，有的用铁条撬着转石头，有的用铁锤打圆石头，打成有棱有角的……只听得嘀里嗒啦丁零当啷……凑成各种音韵，赶到看见这位青年没有叫来小春，大家都停住手来问，各种声音都停止了。

灵泉洞

　　李五问："怎么没有套得车来？"青年把小春母子拉牛的事情向大家说了，大家就乱纷纷地议论起来。铁柱说："我早看透了：他自从买上好牛就想往外扭，如今娶过儿媳妇了，越发用不着人了！我看他迟早要有扭出去的一天，不如请他早点走开干净一点儿！"其他好几人都说："对！"还有一个人补充说："省得他老婆每天叫喊着说她吃了亏！"铁柱说："咱们全组人差不多都在这里，大家可以民主决定一下以后要不要他！"又有好几个人赞成这个意见。这时候小春一个人也正无精打采赶来，听了铁柱的后半截话，已经明白是什么意思，觉着窘得很。李五接着铁柱的话说："不要那么着吧！他近来的脾气虽说有点古怪，不过究竟还是咱村里一个老干部，又是咱组里一个老组员，这样决定也太随便一点儿！依我说，咱们今天晚上细细了解一下情况，看问题究竟在什么地方！"铁柱说："问题很明白：就是发了财看不起人了！"停了一下，他又说："也好！今天晚上叫他表明一下态度，或长或短叫他亲口说上一句！"李五老婆说："小春！惹不了你娘算了！等我回去再跟她说，你先去把我那个小老鼠牛套得来！牛小了不过多拉几趟，活儿照样能做！"小春这时候正想躲开大家的议论，听了这话，便赶快回去套车去了。

九

晚饭时候，小春和永富说："今天因为我娘不叫赶牛，大家对咱很不满意，要不是组长说了些好话，大家就要决定叫咱们出组！"永富说："出组就出组吧，难道我还想在组里占他们的什么便宜？抬脚动手就拉我的牲口，用我的家具，我还没有说过话，他们倒还有话说？随他们的便，出组就出组！这又不是我提出的！"小春还没有来得及答话，组里一个青年就跑进来喊："永富叔！互助组开会哩！"永富说："我听说组里要开除我，怎么又来叫我？当初成立互助组的时候，是我把他们组织起来的；如今他们本事大了，会开除我了！回去告组长说！我不去！让他们开除吧！"

十

青年回到李五家，见组里人差不多集合齐了！就把永富说的话学给大家，引得大家又纷纷议论起来。铁柱说："你们听，明明是他要往外扭，还要倒抓三分理！他也不用卖老！他把我们组织起来是叫我们同他拉犁，如今他买上了四条腿牛，自然用不着咱们这些两条腿牛了！我担得起名！就算我要求开除他！这次不说个清楚，以后不好干活！他不表明态度我表明态度！有他我不干！"有几个比较急躁的人跟着铁柱说"我也不干""我也不干"！虽然有几个党团员主张再去说服，可是大多数都不同意。李五说："大家不要生气！有他没他咱们总不能不互助！明天咱们该干什么干什么！他要一直不来，咱们以后就不要他！"

十一

散会后，李五老婆跟李五说："亲家的思想越来越坏，哪里还像个共产党员？依我说，你这会儿再去找他谈一谈，无论如何，明天叫他到地里去解一解这个疙瘩！"李五说："他不能从思想上检讨自己，问题就不好解决。他的思想早就变坏了，支委会和他谈过几次都没有用，我去说能有什么效果？我看还是先回报支部，让支部结合着今天这件事再和他谈一次，看怎么样！""倘或今天晚上谈不通，明天他仍不上地，不就弄僵了吗？""自然最好是今天晚上谈通，不过实在要谈不通，僵也只好僵了。我去试试看。"

十二

这天晚上，小春回去后想挽回僵局，试探着劝永富第二天到组里解释解释，可惜永富不但听不进去，反而跟小春说："什么群众影响呀，进步呀，积极呀，都不过是在开会时候说说好听，肚子饿了抵不得半升小米！你也是二十多岁的人了，遇事也该先算算自己的账！"说到这里，突然有个人闯进来把他的话打断。来的人说："支书叫你去谈话！"永富很厌烦地说："这一定又是亲家多事！屁大点事儿也要报告支部！谈什么话？迟早还不是叫我检讨思想？"他虽是这么说着，还是跟着来的人到支书那里去了——因为他虽然早就不想做工作，可是还想保留党员的称号。

十三

永富到了支书家，见李五早坐在那里，就用半开玩笑的口气说："亲家又告我的状吗？"支书说："这不是谁告谁的状！党员身上出了问题，难道不应该先报告给支部知道吗？"永富见支书认真起来就不说话了。李五说："亲家来了，咱们就正经谈谈吧！倘或今天晚上谈不通，俺亲家明天不去地，事情僵下来，就不好解决了。"支书先让李五把事由交代明白，又问永富事实有没有出入。永富说："事实差不多，只是他们大家要开除我，责任怎么能推到我身上？我老婆又不在组里，她的话怎么能代表我？

灵泉洞

他们既然要往外挤我，我勉强留在里边，对组里也没有好处，我看不如我干脆退出来，省得以后再发生麻烦。"支书说："一个党员为了几句闲话退了组，你估计在群众中间会产生什么影响？"永富说："在一处合不来，影响不更坏吗？"支书说："为什么偏要'合不来'呢？"永富说："大家想往外挤我，怎么能合得来呢？"李五见永富硬要把错误往大家身上推，便也很认真地说："亲家！咱们都是党员，说话要说真的！让我用咱们上党课听来的一句话：'看问题不能光看现象，要看本质。'说真心话，咱们组里有哪个人真想把你挤出来吗？谁也看得明明白白是你往外扭，你强抓上个理由哄得过谁？"支书接住李五的话说："永富同志！这和前几天支部要你检查思想是一个问题。一个人的思想处处表现在行动上，那是瞒不过人的……"永富没等支书再往下说，就发了脾气："人家要开除我也成了我的思想问题了吗？这个我一点儿也不准备接受！党章上又没有规定非参加互助组不行！"支书说："永富同志！这像一个党员对党说话的态度吗？""谁要说我思想上有问题，我就是这个态度！你个人的意见不能代表党！""那还谈什么？支部没有改选以前，我可以代表党和你谈话！你既然声明你要用这种态度对党，我也代表党正式通知你：今天不和你谈了！等明天召开了支部会再和你谈吧！"永富气昂昂地走出去，走到门外还说："支部大会也只能按党章办事，不能拿大帽子扣人！"说着就走远了。

十四

这一夜永富心里很烦，直到鸡叫也没有睡着，等到快睡着了就听见村里打钟——因为天已经明了，互助组又该集合哩。

小春一听见打钟，急忙穿上裤子、披了衣服、拿上家伙跑到白杨树下，可是他起得迟了一点儿，别人都已经来齐了。有个组员问小春："你爹哩？"这一问，才问得小春想起头天晚上的事来，就随口答应说："各人管各人！"打钟集合已经成了好几年的老规矩，小春在头天晚上睡觉以前虽然也想起他爹的事，可是到了在梦中听到钟声就又忘了，连什么也没有赶上想就跑到白杨树下来了。铁柱说："小春倒是个好孩子！"又向小春说："不过你爹要不参加，你又不能把地带来，还怎么互助哩？"好几个青年七嘴八舌向小春说："小春！你参加你的！不要让你爹把你拖住了！""不带地也没有关系，以后再说！""青年团员要做互助模范！"……小春对这些意见都很赞成，随着大家就出发了。他们才动身，就听见永富赶来喊叫："小春！你不要走！咱家没有煤烧了！先去给我拉一趟煤！"

小春没有应话，一个青年低声说："十五以前拉了两车煤，才十来天就烧完了？瞎扯！"永富虽然又喊了几声，可是谁也没有答应，只觉着他的喊声越离越远。

十五

早饭时候，小春回来吃饭，他妈说："既然有本事，就不用回来吃我的饭来！"永富说："这倒也很好，吃上自己的，去给人家干活！"永富的话，对小春是个很大的打击——他妈那么说，他听惯了，也不觉奇怪；可是他爹这个共产党员也能直接说出这样话来，是他想不到的。小春本来想问他"这像共产党员说的话吗"，可是因为有父子关系不便这么说，就绕了个弯子说："我是个青年团员，不能让村里人骂我落后！"这句话果然说得永富马上接不上话来。永富老婆倒没有这些顾忌，她立刻顶住小春的话说："你那青年团怎么不管你吃饭？"小春说："我也是个成人的小伙子，哪一天也没有窝过工，难道连饭也不应该吃了吗？"他妈说："你也不用种我那地，就凭你那小伙子到别处吃去吧！"小春说："平分土地时候是每人一份！我就要吃我那一份！"永富听了这话，好像抓住了洋理，就变了脸说："有你一份你拿走！我不沾你的光！把你养活大了！你会跟老子要一份了！"他老婆说：

"拿走？说得倒容易！咱俩死了都是他的！如今且不能由他！""地是天生的！人人都有份！我想要就得由我！老规矩行不通了！"……一片嚷嚷，越吵越凶，惊动得外边人跑来解劝，劝了半天才停下来，不过这顿早饭三个人谁也没有吃饱，大白天三个人都躺在家里，谁也没有做活。

永富苦闷了一天，到夜里又被支部大会追究了一次思想，觉得气不平，死不肯认错。最后支部决定给他留党察看处分，回报了上级党，请上级党批准。

又一夜过后，全家还是那样怄着气：永富老婆做饭只做两个人的，小春拿了个小锅自己另做一锅，耳鬓相磨，互不说话，外院邻家劝不下他们，也各自回家不再过问。

十六

下午，腊梅就从区上开会回来了。三天前腊梅到区团委会开会，第一天上午听了团委书记"结合抗美援朝开展爱国主义生产"的报告，下午各村团支书、支委分组讨论，在讨论中，彼此挑战应战。腊梅是全区的模范书记，在第二天早晨汇报的时候，订出计划向全区挑战；其他村有好多人也各订计划向她应战，赶到夜里她就收到十几份应战书，除了满意，还想到责任重大，松不得劲；第三天

（就是今天）上午听完总结，下午就回来了。当腊梅在大会上向全区挑战的时候，正是永富夫妇头天吃着早饭和小春吵架的时候；赶她收到应战书，又正是永富在支部大会上受到大家批评的时候。

十七

腊梅回到家，太阳还没有落。她一进门，见永富坐在桌边不动，永富老婆背朝外躺在床上，小春用一个小砂锅做了一碗多饭还不太熟，灶前放着好多没有洗过的锅碗，就问小春："怎么这时候才吃午饭？"小春本来有一大堆话要说，可是对着这样的父母说不出来，才故意装作不着急的样子说："忙得很！"腊梅说："好！只要咱村各个组都有这样大的劲头，我这个挑战计划就落不了空！"小春忍不住笑出声来——他想"各个组要都有了这个劲头，那就遂了爹妈的心愿了"。腊梅不了解情况，仍然继续说下去："不过区团委书记说：'不要把生产观念弄得太单纯了，一定得和政治、时事、文化、技术各方面的学习结合起来！'"又转向永富说："爹！我今年还是得参加互助组！团委会的报告说：'青年团员不但要参加，还要做模范。'他说：'家里忙了，妇女们可以多帮家里做点事，不过有工夫还是参加到组里活动，一来可以在群众中做些宣传动员工作，二来可以养成集体观念。'我和咱村去的团支委在区上已经订出计划向全区挑战。我们的计划是发动全村团员和青年积极分子人人参加互助组，识字的每天在休息时间给组里人读报，发动每个团员都帮助组里完成增产计划，上夜校每个团员都争取先到……我也不细念了，一句总话：事事争取做模范！"又从衣袋里取出一沓信件来说："这是各村的应战书。人家都要跟咱村比赛！这次可要好好搞，搞坏了可不是玩的！"永富听了没有说一句话。腊梅扭过头来看了看小春，小春也没有说话。永富老婆本来是脸朝着墙躺着的，一听到腊梅的话，就把床头上的被子拉开了盖上耳朵。腊梅一个人转着圈子在屋里打量了一会儿，结果也看不出个头绪来，就自言自语说："怎么大家都不说话？"仍没有人答应。腊梅又察看了一圈子说："奇怪！出了什么事？问问我妈去！"说着便走出去。

小春忍了三天气，早就盼着腊梅回来和腊梅谈谈，可是腊梅回来了又不便谈；赶听了腊梅说出在区上挑战的情况，十分佩服腊梅的见识，有心称赞几句，觉着不是个说话的地方；等到腊梅走了，他又想："已经得罪了爹娘，为什么又要冷落了腊梅呢？不如赶到她妈那里和她谈谈！"想到这里，就叫着腊梅跑出去。

十八

小春追着腊梅跑到李五家，李五老婆早在家里做饭①，三个人把近三天的事谈了个明白。李五老婆问小春的主意，腊梅说："不怕！老人们管不了我们的家！我们该怎么干怎么干！"李五老婆说："你这小鬼说得倒容易！家产在老人手，你们没有地怎么参加互助？"小春说："土改时候一人一份！我把我那一份分出来！""他们愿意？""管他们愿意不愿意！我要求村公所替我要！"腊梅略略想了一下说："要得！咱们马上找村长去！"小春拉住腊梅的手说："走！"李五老婆拦住他们说："等一等！不用那么急！这办法我看也没有什么不可以！这是他们对不起孩子，不是孩子对不起他们！不过等你爹回来商量一下，晚上再去不好吗？"腊梅说："晚上还要开团员大会！""晚上顾不得明天也不算晚！这又不是什么紧急大事！"腊梅又略略考虑了一下说："也好！"又向小春说："我看你也用不着再到家里和他们生气。把咱们的铺盖搬过来，就在我妈家里住，让他们老两口清静一点儿！"小春答应着就去搬铺盖去了。

---

① 参加互助组的妇女往往都只做半晌地里活就要回家来做饭。——作者原注。

十九

当小春叫着腊梅跑出去的时候，永富独自说："好！都走吧！媳妇也走了，孩子也走了！"永富老婆听永富这么一说，揭了被子爬起来跑到窗前看动静，不过她起来得晚了一点儿，孩子、媳妇都走远了。他们老夫妇两个叹了一会儿气，骂了一会儿小杂种，又听得有人跑进院来。永富老婆到窗前一看，见小春回他自己的屋里去取上衣服、被子就往外跑。她大声喊："小春！把我的东西往哪里取？"小春急忙跑出去，没有答话。她对着窗户骂了一阵，也没有一个人应声。

二十

永富老婆骂着骂着天就黑下来。她正准备离开窗口去歇歇，忽见一个人影背着被子走进来。她恨恨地说："你既然有本事到外边过日子，还回来干什么？"可是进来的人没有应声，一直往她这屋子里来。永富一看，来的人是县武装主任，就赶快把行李接住，让主任坐下。主任说他是来检查武装会议时候所布置下来的工作做得怎样。

三天以前，李五组里召开第一次会议的时候，永富不是才从县里开会回来吗？那一次就是县武装主任召开的武装会议。在这次会上，决定各村武装主任回村之后，立即整顿民兵组织，检查原有枪支有没有损坏，并且说三天以后，县、区武装干部分头到各村去视察工作进行得怎么样。

永富在开会当中，见把时间安排得这样紧，就觉着有点不耐烦；回来以后又跟孩子闹了一场大气，直到这天天黑了还没有结束，所以把会上布置的工作彻底丢开，现在见主任亲自来视察，一时无话可说，就推诿着说："近几天村里各系统会议过多，因为时间冲突，武装会议还没有召开。"主任听他说连会也没有召开，觉着实在有点不像样，一边摇头，一边说："今天夜里还不打算开吗？"永富就住他的话说："本来就打算在今天夜里开的！我先通知村公所给你派饭，吃了饭咱们就开！"

永富到村公所，一边先叫人给主任派饭，一边向村长商议夜里借村公所的会议室召开武装会议的事。村长说："生产主任已经通知各互助组长在村公所汇报生产计划，武装会议就召集在你的院子里开吧！"

二十一

小春把行李搬到李五家的时候，上地的人们都从地里回来了。好多青年听说腊梅回来了，都端着饭赶来问长问短。谈到小春和腊梅以后的生活问题，好多人都赞成小春提出的分家计划。李五老婆和李五说："在一处仍不能过日子，我看分出来也使得！"一个青年和她开玩笑说："你不怕你亲家找得你来，和你要孩子？"另一个又说："人家到法院告你，说你把人家的孩子挑唆坏了！"李五老婆说："我什么都担得起！"又一个青年说："小春！我不知道你爹怎么能算个党员！要叫我说，入团也不够条件！"李五说："人家在解放临汾时候是配合正规军挖着地道炸过敌人的碉堡的！你当就是现在这个样子来？可惜现在的思想变坏了。要不然干什么也是咱们村里数一数二的！"一提起过去，年纪大一点儿的人们都说永富是个有本领的；可是一说到现在，就都骂他又不长进了。

腊梅向青年们说："咱们管不了上一辈子的事，还是先说咱们的吧。今天夜里就在这里开团员大会。也不用通知了，大家送了碗，顺路给咱们叫一叫人，马上就来！"一个青年看了看院里的人说："还去叫谁？差不多都在这里了！"腊梅让各小组长点了点人，只少两个，就有四五个人争着去叫。

李五跟小春说："你们的家务事，暂且就那样拖着——你且住在我家，分家的事等等看。你们开你们青年的会，我还要到村公所参加互助组长会议去！"说完便走出去。

腊梅向李五老婆说："妈！再给我们找一盏灯，我们的会就在院里开！""就端上这个灯吧！我也去听听你们说什么！"一个青年说："五婶子岁数大了，参加团不合乎章程规定！""没有我这个老党员指导，光你们一伙小鬼们还开得好一次会？"腊梅说："我还没有想到，我们该请党支书来给我们讲讲话！"另一个青年答应着就去了。

二十二

腊梅掌着灯，另有几个人搬桌子板凳布置会场。阶台①上放一张桌子，桌子旁边放两条板凳，就是这个会场的全部设备。其实摆板凳也只是个样子，根本没有人坐，大家都坐在地上，只有李五老婆一个人是坐软席——草垫子。

腊梅看了看灯说："油太浅了！"前排中间一位青年站起来说："让我拿油罐去！"坐在他两边的两个人也站起来说："我去，我去！"说罢三个人一齐到屋里去。李五老婆说："拿上灯去！不要把什么家具摸翻了！"坐在后边一点儿的一个人说："还摸得错？进了套间门，扭回头来，开开柜子，揭开柜子里上一格中间那个木头盒子，

---

① "阶台"，方言，即"台阶"。后文有同类用法，赵树理在书稿中有时也将"阶台"与"台阶"混用。

靠盒子前边的就是两个罐子，小罐子里是香油，大罐子里是麻油；大罐子里要是没有了，再到北墙根那个瓮子里舀上一些！"大家哄的一声笑了。李五老婆说："这些小杂种们比我摸得还熟！"她正说着，忽然听见里边有开抽屉的声音，就顺便向屋里喊："小杂种们开我的抽屉干什么？"院里有个人说："还不是偷吃馍馍？"这时候，屋里的三个人都笑着走出来，每个人口里都衔一小块干蒸馍，向李五老婆表示胜利，引着大家又全笑起来。腊梅站起来从一个人手中接住油罐去添灯油。那三个人又都坐到原位上，又恢复了原来的会场秩序。

去请党支书的回来报告说："今晚民兵还要开会，党支书是民兵指导员，参加那里的会去了！"腊梅说："时间又冲突了！咱们这里还有十几个民兵！"一个当民兵的说："咱们这里快点开，开完了再去参加那个！"腊梅取出笔记簿来传达区团委书记的报告。指头粗的灯捻① 发出来的火苗儿跳得有尺把高，照得每个人脸上的亮光都跟着这灯光儿跳动，连李五老婆头上才生的三根白发也给大家看得清清楚楚。青年们的神情好像比这灯光还饱满——讲话的腊梅指手画脚，好像满身都装着弹簧；听讲的青年们仰面挺胸，好像腰里都插了棒子。大家的眼光都集中在腊

---

① 灯捻，用棉花捻的灯芯。

梅的嘴上。腊梅正讲得起劲，突然有村公所一个通信员闯
进来把她的话打断。通信员问："这里的会还得多大一阵
儿？武装主任召集民兵开会！还要检查枪支哩！"腊梅说：
"怎么这样大嚷大叫？为什么不写个条子？"另一个青年
说："他从县里回来三天了，为什么不早开？要在今天晚
上开，为什么又不早通知？回去告诉他，等我们开完了他
再开吧！"腊梅恐怕这话影响政权与青年团的团结，就把
口气放温和一点儿向通信员说："我们快一点儿进行！这
里一结束让他们马上就去！你先回去吧！"通信员走了，
腊梅又接着讲下去。

二十三

通信员又往村公所问组长会议散会的时间，生产主
任的回答也和腊梅差不多。

二十四

通信员向永富去回报情况，见县武装主任正向永富
讲话；县主任见他进去，就把话停住。通信员向永富说：
"两个会都才开了，不过他们都答应赶一赶，一完了参加
这两个会的民兵们马上就可以来！"永富叹了一声气，通

信员便退出去。这时候，永富家坐着四个人——县武装主任、村支书、永富，还有他老婆。永富老婆靠墙坐着，连看也不想看他们一眼。县主任接着在通信员进来之前和永富讲的话说："……你不要光埋怨支书告你的状！你是主任，他是指导员，你敢于放下工作不做，难道他也跟你学样吗？"永富说："不论大小事，一到我头上，就都成了思想问题了！有点工夫他尽让我检讨思想，我哪里还有工夫召开武装会议？"支书说："要是为了检讨思想误了工作，我替你负责；可惜是你把工作也误了，也没有检讨了思想——真要是检讨了思想、纠正了思想，工作也误不下！"话只谈到这里，四个人就一言不发闷坐起来。这时候有三个民兵都背着锈红了的步枪走进来。这三个人和屋里的三个男人打过招呼，回头看永富老婆靠墙坐着，脸板得和墙一样死，嘴噘得像个晒干了的桃儿，要不是多两只眼睛，谁也不会觉得那地方有人，不过这两只眼睛也不算白长，狠狠对着他们三个人翻了一下。他们三个无心再看永富老婆这尊圣像，就退到院里的阶台上看天上的星星去了。

县武装主任坐得着急，就站起来在屋里走来走去，听见院里的民兵逐渐来得多了，每逢一个人进院来，先来的那些人都告他说不要进屋里去。又等了一阵，县主任说："不知道来了多少人了，咱们摆开摊子到院里等吧！"永富点了点头，没有说话，端起灯来就往外走。永富老婆说："不要把我的灯拿走！几上不是个小灯？"永富看了看几上，有个小灯盏，比喝白酒用的小酒杯稍大一点儿，中间有一个小管，灯捻子是一根红头绳做的，点着以后，半黄半蓝，像一颗大豆。永富点着灯，县武装主任和支书跟着，三个人一同往院里走。

二十五

永富一出门，脚下有个东西差一点儿把他绊倒，幸亏灯里的油不多，没有洒了油。他用一只手逼住灯光往地上侦察了一阵，见一个民兵枕着枪托拦门睡着，还没有被他惊醒；他又用脚尖蹬了一蹬，那人似乎醒了一点儿，唧唧呶呶翻了个身向一边靠了一靠，又睡着了。

他们三个人站在阶台上看了看周围：有十来个民兵分着三四处谈天，各按地势，能坐就坐、能靠就靠、能躺就躺，要不是天气还有点凉，倒也都还舒服。这些人见永富拿出灯来，觉着灯光虽小，也比没有好得多，就都向着灯光围上来。

永富数了数人数，已经有十五个人，就向县武装主任说："人数已经快有一半了！我看就这样开会吧！先开着再等他们！"县武装主任看了这个七零八落的会场已经有点叹气，听永富这么说，觉着实在忍不下去，就向永富说："你也是老武装干部了，怎么变得这样糊涂？在从前缺一个人，班长不是也得交代清楚吗？同志！这也是思想的反映！当主任的这样含糊，就难怪民兵把枪都锈成红的了！"永富没有话说。

支书说："让我亲自去看看那两个会还得多长时间——要是太晚了，咱们就移到明天开！"县武装主任说："咱们一同去看看好了！"两个人说着就走出来。

二十六

县武装主任和支书两个人走到村公所，见村公所的会议室里把三张方桌连在一起，桌和桌对缝的地方摆着两盏高座子煤油灯，生产主任和各互助组长围着桌子坐着，每人手里正拿着一张生产计划表填着计划数字。这些人见他们两位进来，都站起来让他们坐，县武装主任摆手说："不！我们只是来看看这里还得多少时间。""我们马上就完！""好！那我们就再到青年团那里看看！"

二十七

他们两个离开村公所又走到李五院中。这时候，青年团的会已经快要结束，大家正通过具体工作计划，没有注意到他们两个人。他们两个随便溜到众人后边看热闹，只见腊梅喊着一连串的问话，大家一条条举着拳手①答应——"我们能不能保证完成生产计划？""能！""能不能在休息时间教大家唱歌？""能！""能不能保证在休息时间给大家读报？""能！""上夜校能不能保证全到、争取比群众先到？""能！"……最后腊梅说："好！今天的会就开到这里，明天晚上还在这里集合，讨论刚才传达的报告！散会！"大家一同站起来，其中有人喊："凡是民兵都回去拿枪，到武装主任院里集合！"有关的人都答应："知道了！"大家走动开了，才发现县武装主任和支书来了，就此一同相跟着走出去。

二十八

　　他们两个人又回到永富院里，觉着这个会场比起人家那两个会场来，真有点看不得：回头一看，那几个青年团员民兵已经背着枪跑来了，几条枪都明闪闪地，给这个会场添了好多新气色，可是把那些锈红了的枪比衬得更看不得了。

―――――――――

① "拳手"，方言，即"拳头"。

又停了一会儿，人数已够了，永富上了台阶，宣布了开会，就从怀中取出笔记本来传达县武装部的决议。但是他近一二年来对武装工作有些冷淡，所以对县里的决议连大概有几条、哪一条是什么内容也记不得，笔记本上本来记得不全，再加上字又草、灯又暗，急得他满头汗，结结巴巴念不成句，只听他念道："发扬、发扬、发扬光、光荣传统，保、保卫胜利果、果实……整顿、整顿……"

"算了算了！"县武装主任自从进得永富家来，就觉着工作差劲，不过他还以为这个村子的工作都比从前差劲，等到他见了互助组长们和青年团的两个会场，才知道问题仍在永富身上；问题虽然发现了，却还不知道严重到什么程度，还以为这个能说会道、能踢会跳的老干部，不过是工作抓得不紧就是了，直到永富照着笔记说不成话，才觉得已经彻底丢开了政治生活，连一个进步的群众都不如了。他很失望地说："算了算了！这样没有准备的会，开起来是白磨时间哩！永富同志恐怕是家务忙一点儿，再担任这种工作不太相宜，明天通过村政委员会另推一个人来担任吧！我还得在这里住几天，把民兵组织整顿好了再走。今天夜里时间太晚了，大家也累了，我建议散会。"县武装主任这几句话，说得永富出了满头汗宣布了散会。

二十九

　　永富这几天，没有碰上一件不倒霉的事，等到县武装主任当众宣布撤了他的职，更觉着再没有脸面见人，躺在床上整整一夜又没有睡着，熬到天明听得村里打钟，他就一个人骂："打你妈的吧！老子不理你们！"他骂过之后，强闭住眼睛，可是闭了一会儿，太阳就照到窗上了。他起来勉强洗了一下脸，他老婆给他端饭来他也无心吃。他越不想听见村里的钟声，就越觉得钟打得响，打得次数多。他才端起碗来吃了两口饭，早晨收工的钟声响了。他刚把饭吃完，集合的钟声又响了。他听了这一遍钟声，预料他的儿子和媳妇已经在白杨树下和全组人集合在一起了，不过要做的活已经与他自己无关，而他自己的地还得他一个人去做。他当着他老婆的面强说了一句硬话，他说："都走开吧！老子一个人也照样做活！"他推开了饭碗，强装成年轻人的步伐走出去，牵出牛去，套上车，往地里拉粪。

三十

　　永富装好了车就出发，刚走出村，忽然听见后边有人互相说话，越听越近，回头一看，原是一个互助组集体担粪。牛走得慢，人走得快，这些人一会儿就赶上了他，都和他打着招呼就超过他的车先走了。他觉着这些人的眼光都有点不平常，好像嘲笑他，走过去之后又偏有两个人低声评论他——一个说："鸡也飞了，蛋也打了。"另一个说："土地老爷住深山，自在没香火。"他听了这两句话，突然间脸红到脖子根，汗珠儿从头发里钻出来——因为这两句话的意思，第一句指的是他的孩子媳妇也走开了，武装主任也被撤职了；第二句指的是以后再没有人理他了。他喘了几口气，擦了一下汗，让自己的心情平静了一下才又往前走。

他赶着车又走到山根要转弯的地方，听见有人教唱歌——一个人唱一句，大家跟着学一句，仔细一听，教的人是腊梅，这又把他难住了——因为转过弯去就是给铁柱补鏊那块地，小春、腊梅和他们互助组全体的人都在那里做活，大家碰了头该说什么，走过去又会引起什么评论，这些对他都是不利的。他是为了争一口气才出来做活，现在看来不止不能争一口气，反要叫孩子、媳妇笑话一顿，实在不合算。他停了车考虑了一阵，最后觉着还是不过去好，因此就拨转牛头磨过车来往回返。不巧的是以前碰上那伙担粪的已经把粪送到地里又返回来了，而且又赶上他了，其中有个人问他："为什么又把粪拉回来呢？"向来没有从地里往家里运粪的，他没有答话，只是又红了一阵脸，冒了一头汗。他把车赶到家门口，把粪又倒回粪堆里去；老婆问他为什么拉回来他也不答话，只是卸了车，把牛交给老婆去拴，自己回去躺在床上，从此就病了。

三十一

永富病了三天，村里没有一个人去问过一声。这倒不是大家故意不理他，只是没有什么要找他的事——支书不找他去检讨思想了，村公所不找他开会了，互助组不找他上地了，孩子和媳妇都搬到李五家去住了，他一家独住一院又没个邻居，因此没有人到他家去。

起先他和他老婆都以为是因为一连几天没有睡好劳累着了，只要睡一睡就会好。这种估计也还有点正确，能好好睡一天也许可以好，可惜是比从前更睡不着，一躺下去就胡思乱想，想起来的尽是倒霉事，越想越生气，越生气越想，头疼得要命也停不下来。到了第三天，他老婆见他跟傻子一样，有点害怕，到村里去找医生，才把他病了的消息传出来。

三十二

第四天上午，李五组在地里休息的时候，有人把永富病得起不来的消息传给大家，大家都有点吃惊，小春和腊梅更有点慌。有人说："还叫人家回咱们组里来吧！一个人孤零零的太可怜了！"铁柱说："难道是咱们不让他回来？那是咱们的老朋友，又是给咱们村里出过力的老干部，难道谁还跟他有仇？可惜是他自己怕吃亏，硬要扭出去，才弄成现在这个样子！只要他愿意回来，我是很欢迎的！""我也欢迎！""我也欢迎！"……大家都这么表示，没有不同意的。

有个青年向腊梅和小春说："你两个也该回去看看老人家！"李五说："光看看行了吗？他真要是成了病，就得回去伺候他一个时候！"又有个人说："他爹的病就是因为他们两个人走开了才得的，依我说让他们两个人干脆也出了组回到他们自己地里做活，他爹的病就会好了！"李五说："那可不对！人情是人情，道理是道理。只能叫前进的带着落后的前进，不能叫落后的拖着前进的落后。叫孩子们回去伺候他是人情，可是等他好了以后，还是得争取他进步！"铁柱说："这样吧，这块地里的活只丢了一点儿小尾巴了，你们三个人就先回去看看他，我们做完了回去吃饭，吃了饭大家一齐去看看他！在一个组里共事七八年的老朋友了，就是他将来不回组里来，我们也应该尽一尽这点人情！"这么做大家也都赞成。

三十三

　　李五和小春、腊梅三个人回到李五家，李五老婆早把早饭做成等他们回来吃。他们在吃饭中间，商量好四个人一同去。吃过饭后，李五老婆取出自己腌的一些什锦咸菜作为礼物，四个人一同往永富家去。

　　他们走到永富家门口，见院门还关着，李五就去打门。

三十四

　　人有时候喜欢清静，可是过一会儿就又想热闹热闹，特别是当心里有事的时候总想找个人来谈谈。永富这几天来闷躺在家，除了听到村里的钟声隔一会儿响一阵外，确实尝了一尝"土地老爷住深山"的滋味，很想找一个人来家里坐坐，只是谁也不来，自己一来不好意思，二来爬不起来，不能出去见人。这天早晨，邻近院里一只猫儿从大门道下钻进来，这要是在以前，他一定把它赶出去，可是这一天他觉着这也特别新鲜，就把这位不说话的来客叫来自己的床上，用他剩在碗里的一点儿冷饭来招待。他老婆正给他煎着一锅中药,满屋里都是药味。

他听见有人叩门,觉着是三天来第一件喜事。他笑了一声说:"奇怪!怎么还会有人再来打咱们的门呢?"

他老婆跑出来开了门,和李五夫妇打过招呼以后,向小春说:"你回来干什么!"这虽然是一句埋怨小春的话,可是才一开口,就忍不住笑出来。她一边领着客人往屋里走,一边隔着窗向永富说:"亲家来了!"永富一听是李五来了,突然添了精神,把被子一推,急忙披上衣服坐起来,等到来的人进了屋子,才知道孩子和媳妇也都来了。

永富说:"亲家!我哪里还有脸见你们!"说着就掉下泪来。李五握住他的手说:"你身体不好,不要多动!咱们有话慢慢谈!"小春、腊梅也都近前来慰问,不过都只叫了一声爹,没有找出适当的话来。永富说:"你们能回来看看我就好!"

腊梅见灶边七零八落堆着些饭碗、药锅、煤块、饭粒……就自言自语说:"怎么成了这样子?"随手拿起笤帚来打扫、整顿——这是农村妇女一种不自觉的良好习惯,并不是为了讨人的欢心。

永富尝过了三天"清静"的滋味,已经认识到错误全在自己,不认错挽不回局势来,想在李五面前表明一下自己的心事,可惜他还想维持一下老干部的面子,不想有甚说甚。当他和李五谈到自己思想的时候，他说："我这个小眼薄皮的老婆，吃不得一点儿亏，每天穷咄念，日子长了就把我的思想搅乱了！"永富老婆，真是个"小眼薄皮的"。她见永富把摔了跟头的责任推到自己身上，也不管永富病不病，就叽叽喳喳分辩起来。她说："你不要冤枉好人！你说你'说不出退组的话来'，叫我使使我的本事！你对孩子说'什么积极呀、进步呀，都不过是在开会时候说说好听，肚子饿了抵不得半升小米'！你叫孩子'遇事先算算自己的账'！这些话都是你亲口说的！是谁把你的思想搅乱了？谁的思想有毛病谁检讨！不要尽往别人身上推！"李五夫妇没有听完就哈哈大笑起来。李五老婆开着玩笑说："亲家最怕的是检讨思想，怎么你也叫他检讨起思想来了？"永富无可奈何，但也不太反对。他说："让她说吧！这还怨我不坦白！这话她要说在三天以前，我早和她吵起来了。现在我想通了，要不是我的思想先坏了，她的话能起什么作用？前几年也是这个老婆，我虽说没有改造了她，可是她也没有影响了我！"李五笑着和他老婆说："亲家已经真能从思想上解决问题了！"

　　钟声又响了，永富向小春和腊梅说："打钟了！你们走吧！"腊梅这时正洗刷着这几天来没有洗过的碗碟，一边洗一边说："我们已经在组里请了假，这几天不去了——

等你病好了再去!"永富没有再说什么,只是感到孩子和媳妇本来都很好,可惜自己不长进才逼得他们走开。

停了一会儿,听见院里好多脚步声,全组的人都拥进来。铁柱走在前边,提着两盒点心,原是全组人来探病拿的礼品。永富见了大家,怄得说不出话来,很久才说:"我真想不到你们这一辈子还会到我这里来!"铁柱说:"快不要这么说,我的老哥!我们谁跟你也没有仇!""不是你们跟我有仇,是我自己太不争气!""你是村里的有功人,大家心里都有个数!我们是不知道你病了,要早知道的话,早就来了!""我心里也有个数,说起从前来,不论反'扫荡',不论做土改,咱永富都是能踢能跳的人,可恨是自从有了一碗饱饭吃,就变成个自私自利鬼,互助也不愿参加了,干部也不愿当了,党的工作不想做还想留个虚名,最见不得人的是用最坏的思想来教育自己的孩子——我向孩子说'进步、积极'都抵不了半升小米,其实要不是大家一齐进步、一齐积极,我哪里会有半升小米吃呢?我对不起老朋友,对不起孩子们!"说着又哭起来。大家劝他好好休息,且不要想那些不痛快的事。

李五说:"亲家!你的思想真通了!我们给你贺喜!"永富说:"我自己也给我贺喜!我真像从前的人说的'鬼迷心窍'了,现在可算把鬼打跑了!"

灵泉洞

铁柱说:"那么你还回咱们互助组里不?"永富说:"只要大家还愿意要我这个龌龊人,那就很宽大了,我还有什么话说?"铁柱说:"好好好!老哥这一下可算表明态度了!"大家都抢着说:"欢迎欢迎!""我知道你会回来!"……在大家抢着说话的时候,腊梅拉了小春一下,悄悄说:"咱们也搬回来吧?"小春点点头。

大家要走,永富送到门口,腊梅和他说:"我去搬回我们的行李来!"腊梅又从衣袋里取出一张新来的报纸给一个青年说:"这是昨天才来的报!这几天我请了假,请你替我在组里读几天报!"说着就和大家一同出了门。

过了几天,永富能走路了,就去找支部书记谈思想去。

一九五一年初稿,一九五六年七月改编

1954 年

求　雨[①]

　　"龙王"在中国的旧传说中是会降雨的神圣之一（传说中这一系列的神圣还有好多位），所以在经常遭受旱灾威胁的地方，往往都建有龙王庙。金斗坪村的龙王庙，建筑在村北头河西边的高岸上。这岸的底部是村西边山脚下的崖石。据老人们说，要不是有这一段崖石，金斗坪早被大河冲得没有影了。在解放以前，每逢天旱了的时候，金斗坪的人便集中在这庙里求雨。

　　求雨的组织，是把全村一百来户人家每八人编成一班，轮流跪祷……第一班焚上香之后，跪在地上等一炷香着完了，然后第二班接着焚香跪守……该不着上班的人，随便在一旁敲钟打鼓，希望引起龙王注意。这样周而复始地轮流着，直到下了雨为止。

　　组织领导这事的人常是地主，在解放前不久是本村地主周伯元。周伯元怎样领导这事，只要引土地改革时老

―――――――――――――

① 原载《人民文学》1954 年第 10 期。

灵泉洞

贫农于天佑在斗争周伯元大会上说的一段话就可以明白。于天佑那段话是这样说的："在求雨时候，你把你的名字排在第一班第一名，可是跪香时候你可以打发长工替你跪。别人误了跪香，按你立的规矩是罚一斤灯油，你的长工误了替你跪香，连罚的灯油也得他替你出。大家饿着肚子跪香，你囤着粮食不出放，反而只用一斗米一亩地的价钱买我们好地，求了十来次雨，就把金斗坪一半土地都买成你的了。有一次你和你亲家说：'我这领导求雨不过是个样子，其实下不下都好——因为一半金斗坪都是我的，下了雨自然数我打的粮食多，不下雨我可以用一斗米一亩地的价钱慢慢把另一半也买过来。'你长的是什么心？要不是解放，那就只有你活的了……"

土地改革后，金斗坪的全部土地又都回到农民手里，可是这年夏天不幸就又遇上了旱灾。这时候，政府号召开渠、打井、担水保苗，想尽一切方法和旱灾做斗争。金斗坪就在河边，开渠有条件，党支部书记于长水和村政委员会商量了开渠的计划，又请人测量了地势，就召开动员大会，动员开渠。

因为这渠要经过龙王庙下边的石崖，估计至少得二十天。有人说："要是二十天不下雨的话，渠还没有开成，苗早就晒干了！"于长水说："只要把渠开成，苗干了还能再种晚粮；要是不开渠白等二十天，苗干了不是白干吗？只要我们大家有信心，我们就能克服灾荒。要是开成了这条渠，以后就再不会受旱灾的威胁了！"经过这一番加油打气，金斗坪的渠便开工了。

不幸在动工这一天，又出了点小事：大家正在画好了石灰线的地方挖土，忽然听见龙王庙里敲钟打鼓。一听这个，大家就议论开了："谁还这么封建？""不要管他，咱们干咱们的！""去叫他们停止了！不要让他们咚咚当当扰乱人心！""叫人家求吧！能求得雨来不更好吗？""开渠的开渠，求雨的求雨，谁也妨碍不了谁！"……各有各的主张。村长和党支部书记都去计划石工去了，党员们虽有自己的主张可是也说不服大家，最后都同意派个人去看看是些什么人在庙里，一个青年接受了这个使命。

这青年跑到庙里一看，庙里有八个老头，最想不到的是土地改革时候的积极分子于天佑也在内。青年问于天佑："你怎么也来了？""我怎么不能来？""你不是亲自说过龙王爷是被周伯元利用着发财的吗？""那是周伯元坏，不是龙王爷不好！""原来你也是个老封建！"说了个"老封建"就把老头们惹恼了。有个老头是这青年的本家爷爷。他骂青年说："你给我滚！不是你们得罪了龙王爷爷的话，早下雨了！你们长的是什么心肝，天旱得跟火熬一样还不让别人求雨！"这青年没法，只好回到河边去报告。晌午，党员把这情况反映到支部，支部书记于长水想出的对付办法是一方面说服他们，一方面加紧开渠——只要渠开成了，自然就没人求雨了。

可是钟鼓不断地敲着，把一些心里还没有和龙王爷完全断绝关系的人又敲活动了：庙里又增加了好几个老头子，青壮年也有被家里老人们逼到庙里去的。庙里又定出轮班跪香制，参加开渠的人，凡是和龙王有点感情的，在上下工时候也绕到庙里磕个头。

于长水一边发动党团员加紧挖土搬石头，一边帮着石匠钻炮眼崩石崖。土渠开得快，给人们增强了信心；石头崩得响，压倒了庙里的钟鼓。跪香的青壮年在不值班的时候，也溜出庙来参加开渠；老头们说他们心不诚，妨碍了求雨的效果。

两天之后，开渠遇上了新困难：上半截土渠已经挖到庙下边的石崖边，可是石崖上的石头太硬，两天才崩了一排鸡窝窝。原来的估计不正确，光这一段五十尺长五尺深的石渠，一个月也开不过去。这时候退坡的、说闲话的慢慢多起来，也有装病的，也有说家里没吃的不能动的，也有不声不响走开不来的；剩下的人，有的说"一年也开不过去"，有的说："现在旱得人心慌，还不如等到冬天再开"……原来在庙里跪香的仍回去跪香，原来只在上下工时候去磕个头的也正式编入跪香的班次。

河边人少了，崩开了的石头没人搬，炮声暂且停下来。

于长水一边仍叫党团员们搬着石头支持场面不让冷了场，一边脱了鞋，卷起裤管，过到河的对岸，坐在一块石头上，对着这讨厌的石崖想主意。这时候，田里的苗白白地干着，河里的水白白地流着，庙里的钟鼓无用地响着，他觉着实在不是个好滋味。他下了个决心说："要不能把这么现成的水引到地里去，就算金斗坪没有党！"在火海一样的太阳下，他坐在几乎能烫焦了裤子的石头上，攒着眉头，两眼死盯在这段石崖上，好像想用他的眼光把这段石崖烧化了一样，大约有点把钟没有转眼睛，新办法就被他想出来了。他想要是从石崖离顶五尺高的腰里，凿上一排窟窿，钉上橛子，架上木槽，就可以把水接过去。他这样想着，好像已经看见有好几段连在一起的木槽横在这石崖的腰里，水从木槽里平平地流过去，就泻在村北头的平地上。他的眉头展开了。他站起来向对岸搬石头的人喊："同志们，不要搬了！有了好办法了！"说了就又过河来和大家商量。石匠对他的办法又加了点补充，说再把崖上钉了一排竖橛子，用铁绳把横橛子的外边那一头吊在竖橛子上管保成功。

午上①又开过群众大会通过了这个办法，退了坡的人听见有门道又都回来参加工作，党团员自然更加了劲，找木匠的、搬木头的，搭架的、拉锯的……七手八脚忙起来。

庙里跪香的人又少了，气得于天佑拼命地敲钟。一天

---

① "午上"，方言，即中午。

过去了，河边的木槽已经成形，庙里跪香的人偷跑了三分之二。两天过去了，木槽已经上了架，跪香的人，不但后来参加的全部退出，连原来的八个老头也少了三个。石崖腰里架木槽是个新玩意，全村男女老少都来看新鲜，吵嚷得比赶集还热闹。

这声音，在庙里的五个老头听起来心里很不安，连钟鼓也无心敲了。于天佑说："人们这样没有诚心，恐怕要惹得龙王爷一年也不给下雨！"其余四个老头撇了撇嘴，随后五个人商量了一下，一齐跪到地上祷告。于天佑说："龙王爷呀！不论别人怎么样，我们几个的心是真诚的！求你老人家可怜可怜吧！"就在这时候，忽听得外边的人群像疯了一样齐声大喊起来，喊得比崩石崖的炮声还惊人。一个老头说："这一定是出了什么事故了！"说了便爬起来跑出去，其余四个也都侧着耳朵听。

出去的那个老头跑回来喊："快去看！接过水来了！大着哩！"地上跪着的四个老头，除了于天佑也都爬起来要出去。于天佑说："难道我们也不能诚心到底吗？"一个老头说："抢水救苗要紧！龙王爷会原谅的！"说着便都走出去。

最后剩下于天佑。于天佑给龙王磕了个头说："龙王爷！我也请你原谅！我房背后的二亩谷子也赶紧得浇一浇水了！"说罢，也爬起来跟着别的老头往外走。

1958年

灵泉洞 [①]

没有入过大山的人，听起山里的故事来，往往弄不清楚故事产生的地理情况。例如我说起太行山里的故事来，有的人就问我："一座太行山究竟坐落在什么地方？你说的太行山为什么有时候朝东、有时候朝南？"提出这问题的人，就没有入过大山。凡是有名的大山，都指的是一大群连在一片的山，不是一座山。就以太行山说吧：从河南省的济源县起，经过山西的晋城、陵川、壶关、平顺、襄垣、武乡、辽县、和顺、昔阳和河南的辉县、林县，河北武安、涉县、磁县、沙河、邢台一直到井陉大大小小重重

[①] 原载《曲艺》1958年第8期至第11期，作家出版社于次年2月初版，1963年6月再版。《曲艺》开始连载时，"编者按"说：《灵泉洞》是一部长篇评书。分上下两部，上部写抗日战争时期一个山区人民在日寇和蒋匪军的双重压力下的生死挣扎；下部写解放后从民主革命走上社会主义革命的种种变化。全书以一个山洞为联系线索。大约二十到三十万字。上部已完成，下部可能还要迟一个时期才能写出。"本书据作家出版社1959年版。

灵泉洞

叠叠的无数山头都叫太行山，可是每一个山头又都不叫太行山。你要是想横穿过太行山去，不论在哪一段上，从山的一边到另一边，都有那么两三百里厚，其中也有上、也有下，也有河流、也有平地，有时候你不觉着在山上走，可是那些地方已经比你进山和出山的地方高出几百公尺以上了。

闲话少说。我现在要说的故事，又是这太行山里的故事，这事出在太行山南端。这地方有一条山沟叫灵泉沟。为什么叫这么个名字呢？因为沟的最后边有核桃粗细一股泉水从一堆乱石下面钻出来，往前流了十几步远，又从丈把高的岩石节上落下去，落到一个岩石窝窝里，聚成了二亩来大的一池清水，从前讲迷信的时候，每逢天旱，附近几十里的人们常到这里求雨，所以把这泉叫作灵泉。灵泉沟的名字就是这样来的。这地方有七八十户人家，分散着住在沟的两岸，总名叫作灵泉沟村。三五户人家的各个小庄，又都各有小名——有叫石窑上的，有叫白土嘴的，有叫田家湾的，有叫刘家坪的……不必一一细数。

田家湾有个佃户叫田永盛。老夫妻两个佃种着刘家坪刘承业家十几亩山地，因为人口不多，日子倒也过得去，只是一连生了五六个孩子，一个也没有活，直到四十岁以后才落住了两个男孩，大的叫金虎，二的叫银虎。金虎在小的时候，是个粗胳膊大腿的胖娃娃，性情有点调皮，爱和别的孩子打闹，常把人家打哭了，惹得人家的妈妈找上门来。他们家门口不远就是沟岸，岸上离沟底有三丈上下高。金虎在五岁的时候，有一次一不小心从岸溜下去，好在岸是夹沙土的，经过多年雨水冲刷，好像有点坡度，所以平平安安溜到底，没有把他跌伤。从这以后他不只不怕，还好像是发明了一种玩法，在没有人见的时候，就坐到岸边往下溜；他妈妈每给他补一次裤，隔不了一两天就又被他溜土岸磨破了。有一次他正溜在半坡上，被他们院子里东屋邻家的小女孩小兰看见了。小兰告诉了他妈妈，他妈妈三天不准他出去；他一边向他妈妈说再也不溜了，一边恨小兰——好几天不跟小兰说话。银虎只比金虎小两岁，体格比金虎差一点儿，性情也比金虎软一点儿。田永盛两口子常说金虎是武的，银虎是文的。

田永盛一辈子不识字，因此想叫孩子们识几个字，就把两个孩子前后都送在本村初级小学念书。果然和田永盛估计的一样，在念书方面金虎不如银虎，可是在别的事情上银虎就不像金虎那样刚强。刘家坪地主刘承业的孩子乳名叫接旺，大名叫刘步云。那孩子就不让同学叫他的乳名，谁要失口叫他接旺，他就揍谁。他和银虎同年级。有一天放学回来，银虎在路上一不小心叫了他一声接旺，他揍了银虎两拳头。金虎马上还了接旺两拳头。接旺哭了，马上返回学校告诉了老师。老师向金虎说："大同学不该欺负小同学。"金虎说:"接旺为什么可以欺负银虎?"这位老师是刘承业举荐的,因此惹不起接旺,只以大小来评理,他说:"他小你大!大了就应该讲理!"金虎横转脖颈翻了他一眼说:"你那么大了为什么比我还不讲理?""野蛮东西!教不了你开除得了你!""你不讲理,叫我念我也不念了!"从这天起,金虎回去扭住劲死也不再上学,就帮着老永盛在地里做活。银虎上完四年初级小学,按老永盛的意见,也就是庄稼人识得个姓名就算了,偏遇了个爱管闲事的张兆瑞劝他供给银虎上一上高级小学。张兆瑞劝他也有个原因。张兆瑞住在刘家坪。刘家坪刘承业要送自己的孩子接旺上高小,而自己村里没有高小,须得往三十里以外的镇上送。刘承业也常在小说上看到古来什么什么员外家的孩子上学要用个书童,自己也想给自己的孩子买一个,只是一来自己这个地主还没有那些员外们那样势派,二来当时的学校也已经没有用书童那个例子,要是真买起来也怕惹人笑话;不过要把十来岁一个孩子送到三十里以外,不找一个照顾他的人,在刘承业看来也实在不放心。他想来想去,想出一个怪主意来。他想田永盛是自己的佃户,田永盛的孩子银虎要能跟接旺一块去上学,自然就是个书童了——"他爹种的是我的地,他给接旺挑一挑行李、打扫打扫屋子,还不是分内应该的事吗?"有一天,张兆瑞到他家闲坐,他便把他的心事向张兆瑞说了，不过说的时候没有说出要让银虎给接旺当书童，只说接旺想到镇上去上学，没有个做伴的，要是田永盛的孩子也能去的话，那就是个好伴了。张兆瑞最爱管刘承业家一点儿闲事，不论当中人、做保人、娶媳妇、办出殡好像都离不了他。他听刘承业那么一说，第二天便把田永盛说通了，因此银虎和接旺便成了同学。后来虽然银虎没有成了接旺的书童，不过大体上还不出刘承业所料——因为银虎家种的是他家的地，银虎对接旺果然要照顾许多。只有一件叫接旺父子们不满意，那就是银虎的学习成绩每学期都要比接旺好得多。二年的高小上完了，银虎和接旺都毕了业。接旺要到县里上中学，刘承业虽然没有再差张兆瑞来劝银虎去做伴，可是刘家湾的佃户们却替张兆瑞做了这件事。佃户们中间有人和田永盛说："银虎有这点才能，你再鼓一鼓劲，供他上几年中学，也给咱们这些种山地的培养个人。"前边说过，田永盛家里因为人口少，日子还过得去，现在金虎又长到十六岁，又算给家里加了半个劳力，生活更丰裕一点儿，所以便同意了。

　　田永盛这一着失算得很：他不知道供一个中学生到城里念书，比供一个小学生到镇上念书费钱要多好几倍。只是半年工夫便把他几年来的积蓄差不多用光了，有心停下来吧，前边用过的钱算白扔了，要是供下去呢，以后的生活就成了问题。田家湾的朋友们都劝他不要松劲，并且答应大家尽力帮忙。来年春天，大家拼凑了几个钱，总算又对付了半年，可是大家都是佃户，经济力量也很有限；到了下半年，仍然还是田永盛的事。在从前，佃户借债是不灵的，因为他们的田地不属于自己，债主们怕他们还不起了抓不住把柄，所以都不肯借给，不过支用卖粮钱倒可以——当庄稼长起来的时候，先向囤粮户支了粮价，打了粮食来就给人家送。老永盛到了银虎上中学的第二年下半年，就用这种办法应付，一年工夫就把自己的日子弄得过不下去了。

银虎刚刚上到中学三年级，恰巧碰上了"七七事变"，来年（一九三八年）春天，日军打进了太行山，中学就停办了。银虎只差一个学期没有毕业。

又隔了不几天，日军占领了县城，县里、区里的旧官员不知都逃到什么地方去了，满山遍野都是溃兵土匪。老百姓在这兵荒马乱的时候，也只得东藏西躲，各自顾命。就在这时候，有一个八路军领导的游击队开到灵泉沟一带来，维持住地方治安，动员群众就在山里组织起抗日政权，才算把这一带山区治理得有个秩序。田银虎就在这时候参加了抗日区公所的工作。

一九三九年，日军在太行山来过一次大扫荡，游击队配合八路军作战去了，地方上的抗日工作留给了地方党政领导群众来做。这时候，金虎在村里当民兵，银虎在区指挥部当联络员。村里人经过一年多的组织、锻炼，和一年以前大不相同——从前是出了租、纳了税不问世事，这时候，有的已经当了干部，有的已经当了民兵，其余工农妇青各有组织，都能够有领导地集体进退，刘家坪那些地主们虽然因为不得专横，对新政权有一千条不满，只是看见大风倒了，也只好跟着大势走。

反"扫荡"过后，那支游击队参加了八路军，没有再回到灵泉沟一带来。到了冬天，听说邻近各县有山西阎锡山的军队和国民党的军队到处打抗日政府、捉共产党，银虎他们区上接到上级的通知，叫他们随时提高警惕，防备蒋阎军突然袭击，可是警惕了好长时候也不见动静。到了来年夏天，突然有个消息说，国民党军队，大批开到这里来了。

我要说的故事从这里才算开始。以上只算是故事前边的交代。

一

一九四〇年初夏的一个中午，银虎他们区上接到县里的紧急通知，说国民党军队在今①天拂晓包围解决了抗

①"今"，最初发表时作"本"。

灵泉洞

日县政府和县委会，好在同志们早有准备，半夜就转移了，损失不大，要他们赶紧分头到各村去通知公开了的党员们撤出来由县委带到北边去。大家问明了集合的地点和时间，就分头往各村去了。

银虎负责到灵泉沟一带几个村通知。他接受了任务，安排了一下次序，先通知了离三水镇比较近的两个支部，然后到灵泉沟，打算赶天黑和灵泉沟支书王正明、村长张得福一同相跟着溜出来往集合地点去。

可是他没有想到他的同学刘接旺坏了他的事。刘承业自从听到蒋阎军在邻近各县打探共产党的消息，就派他的儿子①刘接旺到外边去找国民党。这一天，接旺已经随军到了三水镇。军队解决了县政府之后，马上分兵到各个区上去。一个排长带着两班人，由接旺带路，到了银虎他们那个区公所扑了个空，接旺预料区上的人可能转移到灵泉沟，所以向排长建议到灵泉沟来。

银虎跑到灵泉沟田家湾自己的院子里，顾不上回家，先到东屋里向王正明传达了上级的通知。王正明听完了说："铁拴和得福到洞里处理文件去了，快打发金虎去叫他们回来商议一下！"他说着揭开帘子叫来了金虎交代明白，临出门又吩咐他说："傻孩子！千万不要向别人

---

① "儿子"，最初发表时作"侄子"。

提起！"

金虎刚一出院门，正碰上刘接旺引着三四个兵远远走来。头一个兵用手枪指着金虎说："不要走动！回去！"金虎不知是什么事，跑回来向王正明说："接旺引着几个兵来了！不叫我出去！"王正明和银虎一齐说："坏了！"王正明说："谁能给铁拴他们送个信，叫他们赶紧走开才好！"银虎说："可是这信怎么还能送出去呢？"银虎的话才落音，接旺和那几个兵已经进了院子。接旺指了指东屋，那些兵就进了东屋。接旺一见银虎说："你也在？"指着银虎回头向那些兵说："这是他们区上的干部！"又指着王正明说："这是村里的共产党负责人！"那些兵们就拿出绳子来捆他们两个。金虎一把拉住要捆银虎的那个兵说："我们犯了什么罪？"另外两个兵拖住金虎问："你是什么人？"接旺说："那是个傻瓜！叫他滚！"那两个兵把金虎拖到门跟前，其中一个一脚把金虎蹬出来说："滚！"王正明老婆和他们的女儿小兰见这情况都哭起来。南屋里田永盛老夫妇两个，北屋里李铁拴媳妇听见东屋里乱乱哄哄，也都跑出来看，只是一个兵挡着门不让他们进去。

金虎被那个兵一脚蹬出门来以后，只向他爹妈说了一句话："咱银虎叫人家捆起来了！"田永盛说："为什么？"金虎说："不知道！正明叔也叫人家捆起来了！还不知道要……"他正要说"还不知道要捉谁"，猛然想起王正明

灵泉洞

说要给铁拴他们①送信的事来。人们都说金虎傻，其实只是直爽一点儿，另外一方面也还有他的聪明。他说了半句话，咽了个下半截，就跑出大门去。他顺着村西头往石洞上那条路上跑，刚跑到村口，被一个端着大枪的兵拦住说："不许出村！"他又找了一条路跑，又被一个兵堵回来。他想："不用问！别的路也叫人家堵起来了。"他返回来又打自己的门口经过，看见自己小时候常往下溜的土岸，马上想出主意来，往岸头上一坐，"取律律律"溜下去，顺着河床往石洞上报信去了。

张得福和李铁拴是怎样两个人？到什么石洞里去取什么文件？金虎把信给他们送到了没有？他们都走开了没有？这里要交代明白。

前边提过，灵泉沟出泉水的地方，不是有一大堆石头吗？这个堆可大得很——东西有里把长，南北有五六十步宽，都是不知多少年来的山洪从上游推下来的，塞在一段山谷里。石头也大小不一，大的有像骆驼的、有像大象的，虽然堆积着好像一撞就会翻，其实互相挤压得很紧，一个人能推得动一动的都很少。大大小小的石头窟窿里，长着些青青绿绿的藤蔓，把这堆大石头遮蔽得像一些卧在草丛里的牲口。这一段山谷很窄，两岸都是十几丈高的石

---

① "铁拴他们"，最初发表时作"他们两个人"。

岸，靠北边的岩下凹进去一个大石坎，又被乱石堆把前面挡住，只留着屋门大小的一个口可以出入，里边却能窝藏几百个人。上年夏天敌人搜山那几个月，灵泉沟村的人，除了民兵差不多都在这洞里住了几个月，村公所和党的村支部也都在洞里工作，直到日军退出山区以后，大家才搬回村住，好多家的箱笼家具还没有搬回去，村公所和党的文件箱也存在洞里一个秘密地方，箱里边还有一些公开的文件。张得福和李铁拴都是党的村支部负责人，不过当时的党除了支书以外都还没有公开。张得福在行政方面的职务是村长，李铁拴没有担任什么公开的职务。早几天地主们谣传说国民党军队要来，村支部决定把所有的文件都埋了以防万一，所以他两个人去处理文件，可是当他们才离家一小会儿，家里就出了事。

金虎从土岸上溜下来，绕着河沟跑到洞里，见张得福和李铁拴还在一块大石头上点着油灯整理文件，就没头没脑报告他们说："村里来了些不知道什么兵，把银虎和正明叔捆起来了！正明叔说叫你们两个人快逃走哩！"张得福一听，预料情况有些不妙，便把挑出来的文件卷了一下，又塞进箱里，推进原来存箱子的乱石头窟窿里，把原来塞口的一块石头依旧转过来堵住窟窿，把灯吹熄了，塞

灵泉洞

进原来放灯的石缝里。他一边做着，一边和铁拴估计[1]情况；金虎在一旁催着他们快点走。金虎领着头，铁拴和得福随在后边，三个人都从洞里钻出来。不妙的是金虎来的时候，在村里找出路误了点事，顺着河沟走多绕了二里多路又耽搁了些时间，等到他们从洞里出来，接旺引着两个兵也赶到了。好在这一段山谷又窄又深，傍晚天黑得早，里边看外边清楚，外边看里边有点模糊。金虎一看见他们来了，扭回头拦住铁拴和得福两个人说："返回去往沟后面跑！他们来了！"三个人都知道沟的上游石岩很高没有出路，只是见接旺他们越来越近，也只得返回去，都想等他们进了洞然后趁那机会跑了，没想到接旺和一个兵进了洞，留了一个兵端着枪站在洞口上。铁拴他们三个人蹲在远处的几块靠岩根的石头上，借着一丛野葡萄藤挡着身子向着洞口瞭望。铁拴说："怎么办呢？"金虎说："我看这个地方，抓住岩上吊下来那几条野葡萄藤可以上去！"金虎是个想到什么就做到什么的人，一边说着，一边动了一步跳起去抓那葡萄藤，不料一把没抓得住，两脚一落地，把几块大石头中间的一块比洗脸盆大一点儿的石头踏得陷下去，把他也掉进这个窟窿里边。铁拴和得福被他吓了一跳。铁拴把手伸到窟窿里低低地叫了他一声，他伸起手

---

① "计"后，最初发表时有"得"。

来拉了铁拴一下手说:"下来吧!里边地方很大!"铁拴
和得福也都跳进去。得福临下去时候,顺手把刚才遮身的
那丛野葡萄藤拉过一部分来堵住口。金虎又向岩根这边
摸了摸,没有摸到边;又走了两步踏着了水,水可以淹住
脚面。他向左右两边摸,都摸着了岩石,只是靠岩根的正
面还是什么也摸不着。他就是这样挪着步往前摸着,仍是
什么也没有。铁拴站在金虎踏下去那块石头上向外探了
探头,踮起脚尖一伸脖子,也只能把头伸得跟外边的石头
平,什么也看不见。停了一会儿,他听见前边有人讲话,
虽然听不见说的是什么,可听得出他们越走越远了。他蹲
下去说:"我听得他们是走了!咱们该怎么办呢?"得福
说:"咱们就在这里不要动,先让金虎回头探一探!金虎!
金虎!咦!金虎哩?"铁拴也叫了几声不见答应。两个人
都在自己的周围乱摸。铁拴摸住了一只手,叫了一声"金
虎",得福说:"还是我!""金虎哩?""不知道!""擦
一根洋火看看吧!""不敢!不要让外边看着光!"他们
两个也和金虎一样,也是往岩根摸了两步下了水,又往前
挪了几步摸不着边。铁拴说:"这会儿可以擦洋火了!"
得福擦了一根洋火,金虎在里面看见火光,远远地大声
喊:"快来吧!这里边大着哩!"得福说:"这傻瓜!喊什么?
快出来吧!"金虎说:"再擦一根洋火吧!我已经摸不着
口了!"得福一边给金虎擦着洋火,一边也觉着惊奇,便

灵泉洞

向铁拴说："想不到这里又有这样的大石洞！"他一连擦
了五根洋火，金虎才来到他们跟前。铁拴说："金虎！洞
上那几个家伙已经走了。我们两个还在这里等一会儿，你
先回村里给咱们探一探情况看他们走了没有，看捉去咱们
几个人。"金虎答应着，摸到窟窿口边就往上爬。铁拴又
向他说："你先到白土嘴这一边瞭望一下，要是村边还有
他们的岗哨就不要进去！"金虎说："知道！"说着就爬上
来走了。

　　铁拴和得福两个人估计情况交换意见。他们虽然不
知道上级的新决定，可是都说家里恐怕待不下去，不如到
北边山里去参加八路军。意见一致之后，金虎还没有来，
两人①闷坐着很着急。铁拴说："看样子咱们出去，一年
半载也不见得就能再回这里来，不如把文件箱搬过来藏到
这个新洞里吧！"得福同意这么做，两个人趁着等金虎这
个空子，就去把文件箱和油灯都拿过这新洞里来。他们
先把箱子放在跳下去的地方，擦了根火点着灯，望着靠岩
根那边一看，先看见的是明晃晃一道水和一片坡形的石头
地面，看远处和顶上都黑幽幽地看不见什么，看了看进口
的侧面，是囫囵囵的岩石，好像窑洞的墙壁一样，弯弯地
包上顶去，上边有几根尖东西，好像柱子一样垂下来；地

———————————

① "两人"，最初发表时缺。

下^①也有那么几根尖东西，摸了摸是石头的；上下对起来，好像狗牙——不过没有这么大的狗——是钟乳石，他们点着灯，沿着这墙根从右往左走着，脚踩着的、手扶着的，全是连在一块的石头。在头顶上边，又看见过好几根像锥一样垂下来的柱子。墙根是曲曲弯弯的，地势是忽高忽低的。他们走着走着，发现墙根又有个小窟窿能钻进人去。铁拴让得福等着，自己端着灯钻进去一看，里边像一间套间，比自己院里那三间北房还大，不知道什么地方透风，吹得他直打寒战，还没有赶上细看，手里的灯就被风吹灭了。他赶快摸出来向得福要了洋火又点着灯，才向得福说明情况。他们依旧依着墙向左走，走到进口对过偏左一点儿的地方，看见半墙上好像蹲着个人，吓得张得福叫了一声："谁！"那人没有动。他们仔细看过去，才知道仍是墙隆起来的石头，像一只大猴子，恰好在那好像叉开的两腿之间，有一股水顺着有点坡度的墙流下来，好像猴儿在那里尿尿。墙根下积了一大潭清水，又向边上一条石壕流出去。这股水也像洞外边乱石堆下流出的那泉水一样粗，一直流出洞口外漏下那乱石堆里。可见灵泉沟的泉就是从这里流出去的。这个洞和那个旧洞不同——那个旧洞有差不多一半墙壁是借着那堆乱石头堵起来的，所以里边的石

---

① "地下"，此处读作 dì xia，方言，意为"地面上"。后文有同类用法。

灵泉洞

头缝儿很多，可以随便找一个缝儿藏东西；这个洞上下前后左右是一块岩石，好像是岩石里边一个大泡儿，就算有一些小窟窿，也都是明明白白一眼就能看见的。他们转了大半个圈也没有找到个可以藏箱子的地方，赶走到那流水的地方，对着那像猴子的石壁出神，金虎就来了。

金虎来的时候天已经黑了。他背着些行李，凭着朦胧月光走到新发现的窟窿口，手扳着石头把腿往下一伸，一只脚踏在箱盖子上；吓得他愣了一愣正要再纵出来，可是手没有扳稳，已经溜下去了。他叫了声"铁拴哥"，没有人应声；伸手摸了摸箱子，和他前一会儿在旧洞上见的那个文件箱大小差不多，他①估计到是他们两个人在自己走后去搬过来的，因此也想到他们两个人可能到摸不着边的大洞里去了。他翻身就上来，把他拿来的行李扔下去，然后自己又下去，向着岩根那边摸着走，走了十来步，才看见对过的灯光——因为洞里的地方太大，望过去只能看见红红的一个光圈。他叫了一声"铁拴哥"，铁拴在对过应了一声；一个往里走，两个往外走，走到中间才碰了头。得福说："你快说情况怎么样！"金虎哭了。金虎说："俺家银虎跟正明叔叫人家捆走了。俺爹跟东屋姊姊赶到村外边，也叫人家撺回来了。把民兵的枪都要去了。""再没

———————————
① "他"，最初发表时作"也"。

有抓别人吗？""没有！"铁拴问："都到谁家去过？""除了俺家和正明叔家，还去过得福叔家，把箱柜里的东西倒下一地，什么都翻遍了！"铁拴又问："到我家去过没有？""没有！"得福问："你到我家去来没有？""去来！婶婶叫把夹被、夹袄都给你拿来了！还给你拿了些干粮！""你没有说我在哪里吧？""我悄悄对着婶婶的耳朵说你在洞上。小秀问：'我爹在哪里？'婶婶说：'小孩子家不要管！'"一提小秀，得福掉下了眼泪。小秀是他独生女儿，才九岁。他最疼爱这孩子，每次上地回来都要抱一抱她。

铁拴向得福说："看来他们没有发现我是党内的人，我可以停一停再看。你得走！"金虎向铁拴说："连你的行李也拿来了！"铁拴说："拿来也好，可以叫得福叔拣用着的多带一些，用不着的藏在这里，以后咱还能拿回去。"金虎说："我给你们拿过来！"说着返到进口处把两个背搭一齐拿进来。他们把行李打包好，铁拴向得福说："要走你最好现在就走。走它一夜就不会再碰上熟人了！"他们又计划了一会儿路线，然后就要出洞，可是一走到口边看见了文件箱，才想起这东西还没有处理。得福说："洞里连个缝也没有，还不如搬回原来的地方。"铁拴也同意了。金虎说："你们还说我傻瓜！就把它摆到洞的中间也可以！这么大个'洞'还没人知道哩，要找那石头

灵泉洞

缝干什么？咱们出去搬一块石头把进来的窟窿一盖，不就是最保险的地方吗？"他们两个人猛一听都笑了。大家就按金虎说的，把箱搬回洞里，找了块水浸不到的石缝里放下，然后出了洞，盖了洞口，金虎和铁拴两个人打发得福上了路，又到旧洞里摸了两把夏天里空室清野寄存在外边的馒头，冒充从地里做活回去的样子就回去了。

这一天晚上，灵泉沟除了刘家坪常有人打着手电筒往来以外，其余各家门口都特别安静——小孩子也不在打麦场上打闹了，大人们也没有端着碗到门外乘凉的了。不过你可不要以为大家都早早关了门睡了觉。那种人也有，只是不多，更多的男人们都是三三五五在村边眼亮的地方看动静。金虎和铁拴一走到村边，就看见一排枣树下边有几个黑影往远处躲了一躲，他们便也往路旁另一边的枣树下躲了一躲，可是这一躲，正撞上这一边枣树下的另外两个人。这两个人正注意着刘家坪的电筒晃来晃去，冷不防背后来了人，吓了他们一跳，正要跑开，忽然发现是金虎和铁拴，才又都站住了。金虎和铁拴，自然也吃了一次虚惊，然后彼此就搭上了话。铁拴问："那些家伙们没有走呀？"有一个人说："走了！""那么刘家坪那边有什么事？""那又是一帮子。"铁拴他们碰见的两个人究竟是谁？刘家坪还有哪一帮子？下边再来交代。

二

铁拴和金虎在刚进田家湾的西头枣树下不是碰上了两个人吗？这两个人是父子俩，孩子叫李小胖，是个青年党员，和金虎在一块当过民兵。他们的家就住在村梢这一排枣树后边。金虎在政治上本来也很忠实可靠，只是脾气太直，有时候有点傻气，党内怕他不小心把不该讲的话"统"出去，所以没有吸收他，只是有些无关大要的事也不避忌他，所以他也知道党内一些无关大要的事。他在新洞里报告张得福说村里再没有别的人被捕、把民兵的枪收了等的消息，就是从小胖那里打听来的。他见小胖说刘家坪还有"另一帮子"，接着就问："又有一帮子什么人？"小胖说："听说是他们的一个什么旅部参谋和一些随从的人，住在刘石甫家。听说刘石甫和刘承业两家摆席请客，刘接旺也可能没有走。""坏东西们！又不知道搞他妈的什么鬼！""自然不会有好事！你们快回去吧！田大爷和王大婶都着了气，快回去劝一劝他们！我妈到你们那里去了！我们在这里盯着刘家坪那边！"又指着远处说："那边的枣树底下也有我们的人！有什么事我给你们送信！"铁拴和金虎别了小胖父子俩，就回家里来。

他们两个人走到大门外就听得东屋里王正明老婆和

灵泉洞

她的女儿小兰的哭声，一进大门更听得哭声、劝声连成一片。来劝的尽是些妇女——男人们都怕再发生意外事，不便来，只打发妇女来了。金虎把镢头放在院里先来看他的爹妈，只见他爹少气无力地躺在床上，两眼半开半闭，也不哭，也不叫，也不说话。金虎叫了声"爹"，他爹只把一只眼睛睁大了一些看了看，也没有说什么。金虎娘坐在床边，一声也没有哭，两个眼睛定定地看着老永盛。她见金虎叫爹，便向金虎说："把你爹气糊涂了，不用叫他！让他多歇一会儿！"在床的对面椅上坐着的小胖的娘，慢言慢语劝老永盛说："事情已经出下了，不要再把你气着了！只要你能好好的，咱们就可以慢慢想法打点孩子的事，你要不清醒，老嫂只顾忙乱你的病，还顾得上照顾别的吗？"金虎娘说："这老头就见不得事，小肠窄肚的！"又向老永盛说："醒醒金虎爹！碰上晦气事谁能不生气？可是生气又抵什么用？咱的孩子又没有杀过人、放过火！没有罪！咱的孩子跟狼叼走了一样！你醒一醒，歇一歇，咱们想个法子到狼嘴里夺咱的孩子去！"老永盛听他老婆又提起孩子，又无精打采地长号了一声，眼泪横流下来，又流在已经湿了的枕头上。小胖的娘劝他说："不要再哭了吧！你看老嫂还不哭哩！"金虎娘也说："不要哭了！哭抵什么事？我一辈子就不会哭！数哭没有用哩！"金虎也说："爹！不要哭了！我明天到镇上打听打听他们把人带到什么地方去了！"老永盛这才被逼出几句话来说："算了！已经丢了一个了，你不要再去惹事了！我去！"他挣扎着要起来，可是身子不听话，抬动了一下就又摔回去了。大家劝他多歇歇，不要起来。

铁拴回来以后，先到东屋里劝了一会儿王正明老婆和她的女儿小兰，然后转到南屋里来。他见老永盛的嘴有点歪，一只眼睛睁不大，便问："能起来吗老叔？"老永盛挣扎得又起了一下，仍然失败了。他转向金虎娘说："南屋婶呀！老叔可是病了呀！我爹初病的时候也是这个样子。""啊？"金虎娘可没有想到这个。铁拴他爹当年是半身不遂死的。金虎娘听说老永盛现在的情况和铁拴他爹初得病时候的情况一样，便又加了一番着急。她叫老永盛动一动手，果然右手动不了。她恨得在自己的腿上捣了一拳头说："哼！真他妈的祸不单行！金虎！明天一早先到镇上给你爹请个医生去！"金虎说："可是咱也没个钱呀！""把你爹的袍子先卖了！人好了再说穿衣服的话！"小胖他娘说："老嫂是个有主意的！先顾人要紧！"铁拴向老永盛说："老叔！我看婶婶说得对，明天叫金虎到镇上去给你请医生，顺路听一听风声，打听一下银虎和正明叔的下落。"又低声说："在这风头上，我不便到外边去跑；金虎去了没有人怀疑他。家里的事我可以替你做。"小胖他娘也说："家里有什么事，也可以叫小胖来帮个忙。"

灵泉洞

正说着小胖，小胖就进来了。铁拴问："有什么动静？"小胖说："别的没有，刚才刘家打发人把石窑上的杂毛狼叫去了，不知道鼓捣什么！"

杂毛狼也姓刘，祖上是老地主，到他父亲手就倒塌下来了。当刘家坪刘家大修宅院的时候，正是他父亲拆了房子卖木料的时候，所以刘家坪刘家房子上用的木料，大部分都是石窑上刘家的。杂毛狼叫刘光汉，三十来岁年纪，也上过两年初中，因为在学校里赌博被开除了。他父亲后半辈贩卖烟土，他是子承父业卖金丹棒子。在为人方面他也和他父亲在世一样，是个什么事都敢做、什么钱都敢花的人物。因为他头上有些白头发，又是那样的人品，所以人都叫他"杂毛狼"。抗日战争开始，这杂毛狼趁着兵荒马乱群众东奔西逃的时候，在村里大摇大摆收拾了人家好多没人看管的财物；抗日政府成立之后，县里关了他几个月禁闭，把追得出来的赃物都追还了原主，才又把他放回村里，交给村政权管制改造；放出他来才一年工夫，就又遇上了这次变化。

一听说杂毛狼又出了世，小胖他娘打了个寒战。她说："娘呀！又该人家吃人了！"金虎说："都怨县政府没主意！什么宽大？早杀了他不就没事了吗？"铁拴说："你把他说得太重要了！"如今最大的毛病是咱们的势力还小，等咱们的势力长大了，把他们的老根刨了，他们就不厉害了!"金虎娘说:"天塌了大家顶!事到了头上怕也不算!顶着吧!割了头不过碗大个疤!"小胖说:"大娘说得对!斗吧!管他黑毛狼白毛狼!狼能吃人,人也能打狼!"

大家议论了一会儿,决定第二天打发金虎到镇上去,就都散了。铁拴、小胖和村里另外几个积极一点儿的同志们,这一夜轮流着在村边溜达,察探着刘家坪的动静。刘家坪这一边虽然没有什么大的动作,可也有好几次有人打着电筒往别的小庄上来往,不过没有到田家湾来。

第二天早晨,金虎他娘刚把金虎打发走,就听见刘家坪打着锣喊话,因为隔得远一点儿,听不清喊的是什么。打锣的人似乎走得很快,一会儿走到石窑上,一会儿又走到白土嘴,很快就来到田家湾。这一会儿田家湾的人可听出是谁来了——是杂毛狼。杂毛狼每打几声就喊一阵子,喊的是:"都听着!今天谁也不准出村!吃了早饭,都到刘家坪去听讲!有重要的事情!"大家一听见杂毛狼的嗓门可就烦了,虽然没有人出来公然挡他的马头,可是谁也在暗暗地骂他——"快滚开!不想听你这狼嚎叫!""有你妈的什么重要事情?""重要的事情是防你们这一窝狼!"……

吃了早饭,也有些人慢慢往刘家坪走着,其中老头子老太太多,男女青壮年都很少。就是去的这些人,也没有是热心去听讲的，只是有的想去看一看风色摸一摸底，有的怕人家怀疑自己与头一天捉去的两个人有关系；青壮年们，男的都怕他们拉了民夫，女的往往吃过这些旧军队的亏，所以除了家里没有别人或者很容易被人家怀疑是反抗的以外，很少有人去。金虎他们院里，就只去了铁拴一个人。

也许因为去的人太少了，停了很大一会儿，杂毛狼又到田家湾来催人。杂毛狼走进田永盛家里，见老永盛躺着，金虎娘正用个小壶喂他喝水。杂毛狼说："走走走！为什么这时候了还不动身？"金虎娘这人刚强是刚强，可认得事。她知道现在和杂毛狼硬碰沾不了光，不如用好话把他推走了合算。她说："光汉！我不是不愿去！你看老头子已经起不来了。这种病说不定哪一会儿就会咽了那口气……""走吧走吧！这不是我不行，是上头不让！"老永盛闭着半个眼睛，歪着嘴，咯里咯嗼地说："你去你的吧！我死我活怨不着你！"杂毛狼这家伙有点迷信——怕鬼。他看见老永盛确实像个快要死的人，又听得话里有些怨气，就想到老永盛的鬼魂会来找他的麻烦，因此就连忙改口和金虎娘说："要不你就照顾病人吧！我回去和上头说说看！"说罢扭头就出了门。老永盛低声说："什么你妈的'上头、下头'的？"

杂毛狼从南屋出来又进了东屋，见正明老婆躺在床上，她的女儿小兰坐在床边守候着，和刚才那个场面差不多。杂毛狼这家伙什么毛病都有。他嬉皮笑脸怪声贱气地向小兰说："好姑娘！你怎么不去听讲去呀？"小兰翻了他一眼说："我妈病了，没有人伺候！"他又放低了声音说："不去也行！你得答应给我点什么好处！"小兰变了脸，站起来说："给你一刀！戳你个货郎鼓！"小兰她娘因为丈夫被捕的事哭了一夜，杂毛狼来的时候，她才合上眼没有多大工夫，小兰才把被子给她蒙上，杂毛狼开头的话说得声音不高，没有把她惊醒，这阵小兰顶撞了杂毛狼，才惊醒了她。她把头上的被子掀起，还没有看清楚是杂毛狼，杂毛狼一扭头便出去了。杂毛狼临跨出门槛的时候说："真能逃出我手才算你有本事哩！"小兰娘问明了情由，很后悔地向小兰说："你不理他算了，顶撞他干什么哩？"

　　杂毛狼跑遍了大小各庄，才算又撺出五六个人来，连以前来了的一共不过二十来个人，稀稀拉拉，站在刘家坪刘家大院大门外的高阶台下。阶台上的大门楼下已经摆好了一张桌子和几把椅子。杂毛狼上了阶台，站在桌子前面向下边看了一眼走进门里去了。不大一会儿，接旺又出来看了一下又进去了。又停了一会儿，杂毛狼和几个村里的流氓走出来下了阶台站在下边，接着走出一个兵来站在一旁，刘承业陪着一个着武装带的军官走出来，接旺和爱管

灵泉洞

刘家闲事的张兆瑞也跟了出来。刘承业躬着腰让座，那军官一点儿也不客气，挺着肚子坐下来；刘承业和接旺、张兆瑞等人也各找位子跟着坐下。最后走出来的是刘石甫。他没有坐，直接走到桌子后面先开口讲话了。

这刘石甫是刘承业的堂兄。这个人来历可不浅：当他在三十来岁的时候，有他在高级小学时期一个同学做了省建设厅一个秘书，便把他举荐到省里做官——头一任是补修办公室的监工，第二任是搬运石子的押送员，第三任升了官，升的是什么铁路筹备处材料处采运科验收股股长，不过直到他上任后的第三年，这条路也还没有正式测量过，后来又不知道因为什么把这筹备处取消了，才又把他调到一个"永恒煤矿筹备处"去——可是等到查明那个预定的地区根本没有煤以后，那个筹备处也解散了。他被调到"永恒"没有几天，建设厅厅长换了人，他那位秘书同学也跟着旧厅长走了，所以到了那个"永恒"的筹备处解散以后，他就回到灵泉沟来。他的派头要比他的堂弟刘承业大得多。他原名叫刘基基，在省城做"官"的时候，见人家那些做官的彼此都称呼"字"，他便也请人起了个"字"叫"石甫"——这个字在省城虽然连他那位秘书同学也没有称呼过他，可是回到灵泉沟以后用得呼呼响。比方说刘家大院这个大门楼里大门顶上的匾额，原是当年修房子时候就修在门框子里的，上边刻有"仁者寿"

三个大字，刘石甫从省城回去那一年，觉着门楼上的油漆旧了，又觅人重新涂抹了一遍，把三个大字又贴了贴金，并且在后面又加了一行款志，刻的是"主人省营永恒煤矿公司监督石甫刘题"。灵泉沟的识字人们虽然没有到过省城，不知道有没有那么个公司，可是记得"仁者寿"三个字确实不是这位什么"监督"写的，还记得这位"监督"原来不叫什么"石甫"，而且这一进三院的刘家大院也不过有他六间房子，他也算不得个主要的"主人"——真正主人还只是刘承业。从这时候起，灵泉沟的人们就已经知道他改名叫"石甫"了。刘石甫回家以后，一言一动都要想法表示出他是从省城做官回来的，常要把他的灵泉沟话加上几个省城的字音儿。例如，灵泉沟人们的土话把门窗的"门"念成煤炭的"煤"，刘石甫不只要把"门"字改正过来，而且要把烧火的"煤"也说成"门"。他说省城里是那么说，别人没有到过省城，无法和他分辩，也只好让他烧"门"算了。他回家以后，包收过这个山区的牲畜税、屠宰税，杂毛狼给他当伙计。后山有些小孤庄，死个驴驹或者羊羔，他们主仆们知道了都要当漏税法办，往往因为一个羊羔就罚人家四五十块银圆。在抗日政府成立之后，后山里有些人告他的状，经政府查明，命令他退过一些款，所以国民党军队这次来了，把他作为个提拔的好对象。

灵泉洞

　　现在在这个大门楼下阶台上边开口讲话的正是这个刘石甫。他穿着一件当年在省城穿回来的时兴大衫，拿着一把在省城带回来的折扇——这时候是初夏天气，又在这凉爽的山区，根本还用不着扇子，可是刘石甫觉着不拿这个不够气派。他这种打扮，初见面的人看起来会把他认成一位相面的先生。他说话好用最时髦的字眼，不论用的是不是地方，用上去说得通说不通，总是想起来就用。他端正①地站在桌子后面，先学着当年他那位秘书同学的声气咳嗽了一声，便把嗓门放宽说："往前站，往前站！"先前跟着杂毛狼走下来那几个人往前凑了一凑，挺着腰站得笔直，其他群众好像也有几个人活动了一下，大部分没有动。刘石甫继续说："不要动了！听话！我们的'抗战'打了两年多日本了。我们的中央军'进行'到我们的'原籍'来了。他们的共产党都被捉住了。我们的国民党又都'秩序'了。我们的吴参谋来给你们训话。大家要'严重'地听！越'严重'吴参谋越喜欢。就是这个'问题'！"他说罢这几句话，就向那个军官打了个招呼，自己退到了一边。那个军官就是吴参谋。

　　吴参谋毫不推让，站起身来，踏了两个正步，走到桌子中间开口训话了。他一开口先说了个"汉菜"，他的勤

---

① "端正"，最初发表时作"正正"。

务兵先来了个立正，别的人不懂什么叫"汉菜"，也不懂勤务兵为什么要立正，都只是愣愣地看着。吴参谋瞪着眼睛向台上台下扫了一圈，似乎很生气，然后向勤务兵喊："稍息！"接着他高一声低一声发了一大会儿脾气。可是在场的人，连刘承业父子在内，都没有听懂他说了些什么。他为什么发脾气，这里要做一点儿解释：这位参谋不是本地人；所说的话，除了他的勤务兵，在灵泉沟没有人能懂得。头天晚上，他住在刘家商量今天的事，要没有勤务兵给他们做翻译，根本就商量不成；可是他现在站在阶台上训话，勤务兵就没法代劳了。他说的"汉菜"就是"现在"。按他们那部队的规矩，官长一开口训话，不论先说出几个什么字，听话的人都得先来个立正，现在吴参谋已经说了"汉菜"，除了勤务员谁也不懂得立正，怎么能不惹他生气呢？他尖声怪气说的原是这样一些话："都是活死人！什么都不懂！国民都是这样的教育程度，日本怎么能够不打我们呢？"可是从他的口里说出来，就变成这么个调："斗西豪西林！麻子斗不登！贵迷斗西极让加入升斗，日本杂木冷狗不大吴蒙老？"吴参谋发过脾气之后，正式开始训他的话："汉菜，妖鬼宁蒙……"他的话就这么有板有眼训下来，直到大家站得腿酸了才算训完——训的是些什么，自然还只有他的勤务兵知道。吴参谋训完了话，刘石甫就宣布第二个项目。他说："现在有

灵泉洞

几个'组织'叫步云给你们'宣传宣传'！"接旺站起来，
从蓝制服口袋里取出他们头天晚上拟的计划念："灵泉沟
村正规化方案：一、取消不合法的村公所，成立正规化村
公所。二、取消不合法的农会，成立正规化农会。三、取
消不合法的民兵，成立正规化的国民兵团[①]。四、分类制
定门牌，以便清查户口……"他麻麻烦烦念了好大一会
儿，总算把那一大张字念完了。

刘石甫又站起来说："现在该选村长了！我'提拔'
个人要大家'表示'！我提拔刘承业！"杂毛狼跟同他在
一块的几个流氓举手说"赞成"，别的人没有说什么。刘
石甫说："好！村长提拔过了，该提拔村副了。我提拔张
兆瑞！"还是杂毛狼那几个人举了举手就算通过了。这样
正规化选举自然很容易通过，不必一一细说，结果：刘承
业是村长，张兆瑞是村副，刘石甫是农会干事长，刘接旺
是国民兵团指导员。不过按当日国民党"正规化"的习
惯，农会干事长和国民兵团指导员这两个名义，就是村一
级国民党和三青团[②]的两个负责人。刘石甫和刘接旺充当
的是这两个角色。他们把这几个头头安插好之后，村长刘
承业又指派了五个村警察，让杂毛狼领导。国民兵团要按

---

① 国民兵团，抗日战争时期阎锡山统治地区县以下负责兵役工作的机构。
② 三青团，三民主义青年团的简称，国民党直接控制的青年组织，1938年
  4月成立，7月组成中央团部，蒋介石自任团长。1947年并入国民党。

年龄开名单由村长审查批准，收到以后才办。接着刘承业宣布门牌分类的办法说："门牌分三等：白牌红字的是头等。凡是国民军属、合'法'的党政在职人员和村一级合'法'的负责人，都定头等牌。白牌黑字的是二等。一般人家都定二等牌。蓝牌白字的是三等。凡是共党分子，不论已捕、不论在逃和接近过共产党的嫌疑分子，一律定三等牌。门上定有头等牌的，军警要进去的时候先要喊'报告'，等里边应了声才准进去；定有二等牌的，军警在查户时候不打招呼可以进去；定有三等牌——就是定有蓝牌的，军警可以不奉命令、不分昼夜，随时进去检查。"大家听了，都出了一身冷汗，生怕把蓝牌定到自己的门上。刘承业又接着说："就是这些事！完了！"

刘承业正要退到一边让刘石甫宣布散会，吴参谋急得站起来指着他说："噢！把贼妖精的歹狗忠良拉哈老！"刘承业见他这样着急，赶快躬着腰来注意他的话，只是一字不懂，急了一头汗，最后只得问勤务兵。勤务兵说："参谋说你'把最要紧的代购军粮忘了'！"刘承业连忙点头说："是是是！我该死，我该死！怎么把这么要紧的事忘了？"他马上一转脸向大家说："还有一件最要紧的事：中央有命令，叫敌后驻军就地购粮。咱们的国军是公公公公买公卖的……"他这样结结巴巴地说，倒不尽是被这位吴参谋吓糊涂了的，除了着急之外，还有一点儿别的原因。头天晚上，这位吴参谋和他提起这事来，说是"公买公卖"，可是一取出各种粮食的定价单来，他们几个人就觉得有点为难了。他们都知道要购灵泉沟的粮，固然能仗着他们的势力向群众多派一点儿，可是他们也知道群众在粮食方面是老鼠尾巴，没有多么大油水，真要供应军队，大头还是他们自己出。他们见粮价单上的各种粮价，差不多都只能抵住实价的一半，所以都有点暗暗摇头，向吴参谋提了提，吴参谋说不能动。今天这"公买公卖"要刘承业自己往外说，自然说到口边舌头就有点软了。刘承业结结巴巴把代购军粮的话交代清楚，接着掏出粮价单来念了一遍，就看见阶台下面的人交头接耳议论起来。要在抗战以前，刘承业在灵泉沟讲话还有人敢议论，早就被他骂得狗血喷头了；今天也不是他有了什么宽宏度量，而是他故意想让人们议论给吴参谋听。吴参谋见这情况，忍不住站起来大骂一顿——不过大家仍不知道他骂了些什么话。他骂过之后，刘石甫就宣布散会。

散会以后，杂毛狼他们那几个流氓就忙起来。分类门牌是头天夜里赶做成的。他们领了刘承业的命，火速跑遍各个庄落，把门牌都钉上去。

金虎家一院三户都钉了蓝牌。杂毛狼到这里钉牌的时候没有说一句话，拿着个斧头狠狠地在各家门框上钉，震得房顶上往下落灰土。钉完了就取起他剩下的一沓门牌往别家去了。

这个院子里去刘家坪参加会的只有铁拴一个人。东屋里小兰娘问铁拴钉牌是什么意思，铁拴给她解释着。金虎娘听见铁拴回来走进了东屋，也赶忙跑来看。金虎娘顾不上先问蓝牌的事，劈头一句就说："铁拴！你看金虎这时候了怎么还没有回来呀？""啊？"这地方离镇上不过十几里路，早晨走走到不了中午就该回来，可是这时候太阳已经大偏西了还没有回来。在平常时候，一个人出门去了早回来一阵迟回来一阵本来没有多大关系，只是这几天不比寻常，头一天村里才出了捉走王正明和银虎的事，所以大家都不放心。他们胡乱估计着情况，焦急地等着金虎，可就是等不来，一直等到晚饭以后，大家越着了急，铁拴、小胖趁着月光接到五里以外还是没有接着。

三

金虎上哪里去了呢？银虎被捕的第二天早晨，金虎不是到镇上去请医生去了吗？金虎一早起程，不到吃早饭时候已经到了镇上。这镇叫三水镇，是三条小河沟汇合的地方，房子都修在河西边的岸上，看起来是长长的一条，一共不过百来家人。这地方，虽说人家不多，在这山区可也算个热闹地方。可是这一天特别：金虎在路上没有碰到一

灵泉洞

个人；远远看见镇西北的关公阁，阁下边的拱门里也没有人出入。金虎这人有时候还是有点傻——要是别人，碰上这种情况，总得考虑一下为什么没有人来往，自己是不是可以进去，可是金虎只急着要给他爹请大夫，一看到了关公阁，就一溜小跑步望着它跑，跑到跟前就往里闯。他一闯进了拱门，见拱门里站着个兵。他不知道为什么觉着不妙，愣了一愣，见那个兵看了他一眼没有说什么，也就过去了。他走在街上，很不容易碰到人——平常在街上摆的小摊一个也没有了，偶然见一个挑水的老头或者送灰渣的老太太，也都是匆匆忙忙直来直去，谁也不说一句话。他走到常往灵泉沟去的马大夫药铺，一推开门，见里边住着几个兵，柜台做了他们的床，药柜也做了他们的衣架。一个兵凶凶地问他："干吗？""找马大夫！""不在！""哪里去了？""不知道！"金虎见他们的话很"铳"，知道问不出个道理来，只得退出。金虎这时候得不着个主意，正想找人问问，恰好对面来了个熟人，是从前粮食集上的牙行老丁。"老丁！你见马大夫没有？"老丁虽说认人宽，可是只记得大概是什么地方的人，并不能叫出名字来。老丁看了金虎一眼说："灵泉沟客！你请大夫吗？""是！""不巧得很！今天还得借你点光！""什么事？""支一趟差去！""什么差？""给部队下河南换大米去！""这可不行！

我爹的病很重！""反正也没有大夫！还是受^①一点儿屈吧！""老丁！我们哪一次来粜粮食也照顾你！你为什么跟我过不去呢？军队抓差不抓差碍你的什么事？""对不起！我参加了新县政府的差徭局！抓差是我的责任！不要说废话！快到县政府门外集合去！""你们的县政府在哪里？""还在共产党那个县政府住过的地方！不要乱说话！什么我们的县政府？我们的县政府不是你的县政府吗？咱们是老相识，我关照你！要是别人听见了，不当共产党办你才怪！真是山里人！快去吧！"金虎挨了老丁一顿训，觉得很晦气，等^②老丁走开之后，暗暗说："老子可没有那么老实！请不到大夫，老子回去！"他不往那个什么县政府走，一股劲又向关公阁走回来。他走到阁边，原来站的那个兵挡住他说："不准出去！""我有事！""不管有没有事！"金虎看了看旁边，已经有两个被挡住的人，其中有一个很面熟，好像到自己家去过，只是想不起是谁。金虎想："不用说，又跟昨天一样——北头不准出去，跑到南头一定也出不去。"他看了看临河的石岸，这岸可和田家湾那土岸不一样，一点儿坡也没有，不能往下溜。他想往别的地方找一找出路，正要往回返，可是才一动步，那个兵又说："不要走，就在这里等着！"这时候，街上又

---

① "受"，最初发表时作"被"。
② "等"，最初发表时作"和"。

走来两个兵，向那个站岗的兵喊："那里有几个了？""有三个了！""有几个算几个吧！"说着已经走到金虎他们三个人面前，向他们说："走走走！"就这样把他们带到他们那个县政府门口。

这个地方，已经集中了一百来个人，由十来个兵看守着，金虎他们是最后被抓去的。跟金虎他们来的这两个兵向另一个大概是班长的兵说："报告！再找不到人了！""就这样快走吧！再迟了就赶不住站口了！"这十几个兵，把这些人押送到一个存放粮秫的大院里。那里管粮的早已把口袋、扁担、绳子准备好——这些东西原是头天晚上在镇上挨户搜出来的——叫他们把小米装起来，挑到河南的博爱县换大米去。不多一会儿，大家把口袋装起来，每十五个人算一组，由两个兵押着，慢慢都从三水镇起程了。金虎他们这一组在中间偏后一点儿，前面长得很，后面看来也还有三四组，想跑是很不容易的。走在金虎前面的，就是金虎看见很面熟的那个人。那个人身材也不小，担得也不重，可是走得很不稳，不像个常担挑的人。金虎一边走着一边端详着这个人，慢慢就想起是谁来——原来是共产党县委会宣传部的高部长，当日县委会没有公开，他以工作员的身份到灵泉沟去过，到过金虎家。金虎只知道他是高工作员，虽然他换了衣裳，金虎对他也还认得很准确。金虎要是真傻的话，随便叫他一声高工作员，还许坏了事，可是金虎在这些地方特别懂事——已经认出来是他，反而连端详也不再端详他，只装作不相识的样子，一前一后走着。高部长似乎也已经认出金虎是熟人，所以只是用破草帽掩着脸，连一次头也不回，生怕金虎叫他一声。他们这一组，除了最前边有几个三水镇的人互相说几句话以外，其余谁也不认识谁，都是一言不发，挑着担子咯吱咯吱往前走。大约走了二十来里，要翻一座大山了，前边传过话来说："就地休息！"说话间，前边的人已经把担子放下，大家就在这山坡下休息下来。这时候，大部分都摘下草帽来当扇子扇着风，坐在金虎前边的高部长却没有摘帽子。

金虎又往前看，和他相隔五六个人，坐在本组前边那个押送兵跟前的，正是他要请的那位马大夫。他向马大夫招手说："先生！你也来了？我正要找你！"说着走了几步凑过去。那个押送兵说："不要动！就地休息！"金虎说："求求你！我们只说几句话！""要说快说！"金虎就蹲到马大夫身边，把他爹的病状向马大夫大略说了说，并且问马大夫："迟了是不是还能治。"马大夫说："这种病，要危险就在得病的前几天；要是能过个七天八天没有事，也就稳定下来了。这种病治起来见效也很慢——急也没有用！咱们回去再想法子吧！"马大夫接着又问了问说话的声音怎么样，哪条胳膊能动，清醒不清醒……前边就传过

灵泉洞

话来说:"走了走了!"那个押送兵向金虎说:"走了走了!"金虎便和马大夫作别,回到自己放担子的地方,挑起担子来跟着大家走了。

这一天,除晌午打了打尖以外没有误什么事,虽然早饭以后才起程,不到天黑还走了七十多里。这些差都是临时抓来的。抓的差不比派的差——派的差半路偷跑了可以找派出的地方,抓的差半路偷跑了找不着根。押送兵在这方面很有经验,所以一路上追得很紧,不到天黑就赶到了预定的程头。这天晚上住在一个也像个小镇的山村。村里有一座骡马大店,在这慌乱的时候,路上没有赶脚的牲口,他们就住在这店里——班长住在柜房,士兵住在客房,运粮的民夫就在拴骡子的敞棚下,把骡马粪上边铺了些草,睡在草上。大门上了锁,士兵们挨班换岗把守着。

吃过饭以后,押送兵还叫大家按白天走路的次序分组躺下。大家睡定以后,金虎推了推旁边的高部长,对着高部长的耳朵说:"你不是高工作员吗?"高部长一把抓住金虎的手,扭回头来向他说:"不要乱说!你是田银虎的哥哥吧?田银虎跑了没有?"金虎又扭过头去,简单告他说银虎和王正明被捕了,并且又问他说:"你怎么不跑?"高部长说:"在镇上跑不出去,人家把镇上封锁了。"金虎说:"就在路上想法子跑吧!回去叫他们认出来不得了!"高部长说:"知道!不要再说话了,防别人怀疑!"

他们就这样睡了。

第二天早上，大家胡乱吃了点东西，就又挑起担子向南走了。这地方，越往南走山越低，天气也越热。这些人都是从高处来的，有的穿着两件布衫，有的还披着夹衣，走到这天半前晌，热得大家都把多余的衣服脱下来搭在粮袋上，还都是满头大汗。

在金虎这一组前边的那个押送兵，忽然闪在一边，和后边的那个押送兵说他肚子疼。后边的那个押送兵给他想了个办法——把他的枪栓去了，把枪让一个担粮的民夫捎上，又把他的行李包让另一个担粮的民夫捎上，让他空着手①走。这样又走了一会儿，前边的那个押送兵又不行了，后边的那个押送兵，又把自己的行李包挂在金虎的扁担头上，他自己搀扶着前边的那个押送兵走。又走了一会儿，前边的那个押送兵的病似乎越来越重，哼哼得越来越响。就在这时候，已经走进一段有松林的地方，前边传来了话："就地休息！"被搀着的那个兵，没有等前边放下扁担，自己就先躺在一棵松树下边。他向搀他的那个兵说前边有个大夫。搀他的那个兵就向民夫说："前边有个大夫吗？来给我们这个伙计治一治病！要是能治好了，今天夜里再抓个差，明天就放他回去！"马大夫听了有点不耐

————————

① "手"，最初发表时缺。

灵泉洞

烦，心里想："抓住大夫给你们担上小米换大米，已经够
不讲理了，怎么给你们治好了病还要等到明天才能放我回
去？反正药铺也叫你们占了，回去不回去都一样！我还是
给你们挑担子吧！"想到这里，故意装作没有听明白，没
有答话。躺着的那个挣扎着坐起来向前边看了一看，指着
马大夫向搀着他的那一个说："就是他。"那一个直接指
着马大夫说："来呀！"马大夫见推不过，只得走过来说：
"半路上，也没有带针，也没有带药，使什么治病？""你
先给看一看好不好？"马大夫抓住躺着的那个兵的手诊
脉，大家也都围拢来看。马大夫诊过脉，又看了看指甲，
摸了摸肚子说："中暑了！"当大夫的差不多总都有个救
人的心肠，一经过手就想给他治一治。他从衣袋里掏出个
药包来说："这是我自己带着用的防暑药，也不过够用两
三次，现在给你用一些吧！要一杯新鲜凉水！"站着的那
个兵问哪里有水，有人指着松林的右边说："这岭背后的
沟里不远就有水！"那个兵把自己腰里的茶杯拿下来递给
金虎说："取一杯水去！"金虎接过茶杯，觉着偷跑的机
会来了，扭过头来正要走，迎面看见高部长，忽然又变了
主意。他把茶杯往高部长的手里一塞，学那个兵命令自己
的口气说："取一杯水去！"他想自己跑不了不过吃点苦，
高工作员跑不了有性命关系，不如把这机会让给高工作
员，可是他对着好多人也不敢挤眉弄眼，只好直来直去说

话。高部长自然懂得他的意思，心里非常感激，接住茶杯就去了。

这时候，马大夫要站着的那个兵再找一个家具^①盛药，那个兵把躺着的那个兵的茶杯取下来递给马大夫，马大夫把一包"益元散"用一根树枝拨成了三份，把一份拨到那个茶杯里说："等取来了水，冲一冲喝下去就会好些。"那个兵把药接到手里，坐下来等水。他刚一坐下来，忽然想到打发去取水的人，就是自己一路上押着怕跑了的民夫，有点不放心——刚才因为一时着急忘了这一点儿。他把茶杯里的药递给躺着的那个兵，自己背着枪闪过岭头上一看，沟里的水看得很明显，只是派去取水的人不见了。他自言自语说："他妈的！人也跑了，把茶杯也取走了！"他返回来看见金虎，骂金虎说："傻家伙！叫你去取水，你为什么叫别人去？""谁去不一样？""一样什么？他跑了朝你说话？""跑不了！""你妈的！跑不了是不见了！把茶杯也带走了！"说着又从躺着的那个兵手里接过那个有药的茶杯向金虎一塞说："给我就用这个杯取水去！小心把药冲跑了！"金虎正来接杯，他又缩回手去说："算了！还是我去吧！"说罢就拿着杯转过岭去。

那个兵刚过了岭，前边传过话来："走了走了！"金

----

① "家具"，此处为方言用法，指家庭器具，包括炊事用具等，这里指碗、杯等器具。后文有类似用法。

灵泉洞

虎他们也正各自去拾扁担，躺着的那个兵挣扎了一下坐起来说："不要动！让他们先走吧！"后边一组的一个押送兵过来问情况，坐起来的这个兵说："我肚子疼，他去取水去了！把这一组留到后边吧！"那个兵见他这么说，就带着后边的一组从他们这一组旁边走过，接着，其他组也都走过去，只把他们这一组留下了。

这个兵，因为刚才挣扎了一下，觉着肚里有一股气冲上胃口来，疼得他哎呀一声又躺下去，急急地叫："大夫大夫！快快快！"马大夫和别的人又都跑过来看。他按着肚子向马大夫说："快给我按住！加点劲！再加点劲！对对对！就这样！"马大夫按了一阵按得手酸了，刚一丢手，他说："不行不行！不要放手！"马大夫跟金虎说："你来给他按一会儿，我手酸了！"金虎接住手给他按着。

山上的路看着很近，走起来却得一阵子，直等到所有的挑担子的都走得看不见了，取水的那个兵还没有回来。这时候，有病的那个兵好像有点昏过去了，半闭着眼。金虎一边给他按着肚子，一边又想出怪主意来。他向在他身边的马大夫努一努嘴说："快跑！回去给我参看看病！"马大夫笑了笑，往大路的右边一条河沟溜了。别的人见马大夫拐了个弯不见了，都看了看金虎和躺着的兵。金虎扭着头向他们把嘴嘬得尖尖地，并不出声地说："跑跑跑！"胆大的先走，胆小的后走，一小会儿跑了个光。金虎见他们都跑了，丢开了给那个兵按着肚子的手，见那个兵也没睁眼也没有出声——大概是昏过去了。金虎暗暗地说："你多躺一会儿吧！我这个大夫也要去了！"他站起身来一溜烟地跑进松林里去。

金虎在松林里大约走了两三个钟头，估计那个押送兵不会再来追他，这才离开松林从路上向家乡的方向走，却不料走了几里，又碰上了一个兵。那个兵说："站一站！"金虎站住了，那个兵就递给他一个小包说："给我送一送行李！"金虎说："我不是本地人！""不管是哪里人！哪里人能不支差？"金虎想："这样要起差来哪有个完？"把包裹往手里一接，听见"哗啦"一声，原来不过是一百来颗核桃。

金虎在前，那个兵在后，又走了四五里路，要过一个村子。他们刚进了村，对面来了两个兵，其中一个的领章上多一朵花儿，跟着金虎的那个兵连忙闪在一旁敬了个礼。可是多一朵花的那个兵并不走过去，却喊住跟着金虎的那个兵说："怎么拿个包裹也拉差？""给我们营长拿些核桃！""营长说过叫你拉个差吗？那么一点儿东西也拿不动吗？怪不得干正事也找不到个人，都叫你们这样把人力浪费了！自己拿上！"那个兵没有再回话，从金虎手里接过包裹来自己拿着走了。金虎说："谢谢你！要不是你来我就走不了了！"说罢正回过头来要走，只见多

灵泉洞

一个花的那个兵说："喊喊喊！你可不要走！这里有正经事！"金虎说："什么事也不能做了！我饿了一天还没有吃饭哩！""没有吃饭不要紧！这里有饭，也有住处！""不行！我出来好几天了！我爹还在家病着哩！""不要说废话！过几天磨完了面就放你回去！"原来这里派收的（他们说是代购的）军粮是麦子，要在这里磨面。金虎又在这里磨起面来。

金虎就这样被他们东一拉西一拉，拉了一个多月也脱不得身，最后还是在黑夜里偷跑出来，钻了两天林才回到灵泉沟。他这时候有了经验，每次要到一个村庄，总得先到比较高的地方看一看村里有没有兵，回到灵泉沟来也一样，先转到洞顶上的老羊坎下边向村里瞭望了一阵。这时候刚过中午，从老羊坎前边望灵泉沟每一个小庄子都是一目了然，跑过一只鸡来也看得见。他看见村子里不只没有兵，连本村人也很少活动，大概是睡午觉。顺着老羊坎西南方向，下一段坡，就是他家租种刘家的十来亩地——从田家湾人们种的地说来，这几块地要算最远的，要下到沟底，过了沟，再上一道大坡才能走到。他这一个月来，支差到过的地方，谷苗差不多都没有间开，有的已经长到一尺来高，看样子已经撕扯不开了，他就想到自己的谷苗一定也是那样，可是这阵子从远处看去好像已经都间过了。他想了一想，觉得不会——"爹的病死活还不知道，娘一个人怎么会顾上到地里来呢？"他想顺路到地里看看，就顺着岭往下走，大约有里把远就走到自己地里。到地里一看，苗是间开了，不过只是拔了拔，没有锄。他想："拔开了也不误，一定是爹的病好了。"

他下了坡，过了沟，走过一段土岸下，见岸后寄埋人的一个空穿堂（可以容下一口棺材的小土洞）封上了口，预料是村里死了人，他的心颤了一下，想到自己的爹。他又绕了一个弯，听见土岸后的地里有人说话，吓得他打了个退步，仔细一听，听得有女人的声音，这才放了心。这块地是王正明的。他想看看是谁在地里，就爬了一层堰上到这块地里，只见有四个人在地里间苗，是他娘、铁拴、小胖和小兰。他叫了一声娘，四个人一齐停住了手。

他们见金虎来了，自然都是又惊又喜，彼此间问长问短，哄乱了一阵之后，都到一棵核桃树下坐下来。金虎先问他娘说："我爹怎么样？""还是那样！""我看见穿堂里又埋了人，吓了我一跳！咱村谁又死了？""你东屋叔叔！"小兰见又提起她爹，就又流下泪来。金虎听了一怔说："怎么？他们把东屋叔叔害了？"铁拴说："唉！慢慢说吧！气人的事情多得很！你先跟大娘回去弄点什么吃一吃再说！"金虎娘说："饿了没有？出去也没有带吃的，这二十多天你怎么活过来的？我只说我两个孩子连一个也落不下了！"金虎娘向来不好哭，这会儿可掉了几点泪。金虎说："咱银虎怎么样？是不是也——""不知道，不知道！那天在三水镇那河沟里毙了几十个人，都叫人家打得、烫得不像人样了！我跟你东屋婶都去找过尸首，把他东屋叔叔的尸首找着了，怎么也找不见他，大半是死了！那一群狼怎么会让他逃出来哩？"铁拴劝他说："那也说不定！也许逃出去了！我觉得找不见比找见好——有个想头！"金虎娘说："我不想他！活着哩，他终究会回来；死了哩，想也不算！现在总算已经有一个回来了！"小胖说："大娘总算是个明白人！金虎哥！你快先跟大娘回去吧！还不知道在哪里吃了点饭，先回去吃上点再谈，话长得很！"金虎说："这么多天了谁还知道个饥饱？半前晌在岭西一个小庄上要吃了人家一团槐叶菜吃，直到这会儿也不知道饿！"金虎娘说："咱家里也是那种伙食！粮食差不多叫人家那些狼要光了！我且不回去！你先回去看看你爹！蒸笼里有给你爹蒸的两个黄蒸，还有几团槐叶菜，你自己吃上点，喝上点水，歇歇吧！我们今天后晌想给你东屋婶把这块谷赶完！"金虎说："可以！我吃点东西和你们一块来拔！"大家都说："不用了！你先回去歇歇吧！"铁拴说："你要来也不要声张！不要让杂毛狼他们知道咱们帮东屋婶的忙——连东屋叔叔的尸首还是我们偷着去搬回来的！"金虎答应了声"知道"，就回去了。剩下他们四个，仍旧做起活来。

四

原来当金虎出去以后的第十天，三水镇的军队和他们的县政府，对捕去的共产党已经经过拷打以后，一齐赶在河沟里用机枪扫射了。在灵泉沟捕去的两个人，王正明的尸首找见了，银虎是死不见尸活不见人；金虎说的是到镇上请医生去也一直没有见回来，大家估计他弟兄两个恐怕都是凶多吉少。铁拴、小胖他们几个党员们悄悄商议了一下，要对王正明、田永盛和张得福三户有困难的党员家属照顾一下，因此就分了分工，分成了两个组来帮他们先把谷苗间开。铁拴去和金虎娘一商量，金虎娘非常感激他们的好意，不过金虎娘是个要强的人，不愿多受别人的照顾，因此就和铁拴说："要照顾我和小兰家这一组，我和小兰都能做活，我们也参加到里头做，连你们地里做不出活来的时候，我们也可以去帮忙，大家在一块伙种这几十亩地算了！"她这种提议，经铁拴和党内的同志们商量了一下，大家都觉得是个好办法，只是说金虎爹病着还得个人伺候，让金虎娘有空儿就做一会儿，没空儿就不要勉强。以后大家就这样办起来了。这组织本来就是个互助组，还带有代耕队的意思，只是当时还没有那些名目，所以大家都不那么称呼它。金虎回来之后也参加了这个组织。

　　幸好有这个互助组，虽然大家差务都很重，四五个月来都是多在外少在家，可是地总算没有荒了，到了秋天还有七成收。小兰她们家有一块谷子长得特别好，二亩就割了四十多捆——要只说这一块地，在那时候就算十分收成。

　　一天中午，小兰和金虎、铁拴三个人在场上打谷——在灵泉沟是最早的一场谷——扬出来以后，大家估计有六担左右。铁拴因为避嫌疑，扬出来以后，就回去了。小兰娘拿着簸箕、口袋到场里来。他们三家只有两条口袋，先装起一口袋来让金虎扛着往回送，小兰娘和小兰又去装第二条口袋。就在这时候，接旺领着杂毛狼他们三四个人拿着口袋和斗来了。小兰娘看这来头好像是来讨租，可是往年都是收到家才按数给他送，今年他为什么亲自领着人来拿来哩？

　　原来这一年是和往年有点不同：军队每月要"代购"粮，村公所连他们的国民兵团有三十个人每天要吃粮，有好多户不能按月缴出，刘承业说他都给垫上了，说是垫一斗要还一斗半。在快收秋这前几天，他们父子们商量了一下须得就场收，因为他们算着全村的产粮数字，要是先还了他们的代垫军粮①，租子就很难收起来了。刘承业和接旺说："不要让粮食回了他们家，要当场收。要是佃户，先收他们的地租，剩下代垫粮，能还得起的就叫他们还，实在还不起的能还多少算多少，其余算是借给他们的，明年秋天一斗要他们还二斗——好在咱们又没有真正垫出够那么多，真要是没有，让他们落个永远欠户算了。"接旺和杂毛狼他们就是奉了这道命令来的。小兰娘一看情况不妙，就赶紧说好话。她说："步云，是要租吗？""对！还要垫粮！""我求求你！这两三个月了，家里一颗粮也没有，这一场谷也打得湿，等一通收完了干一干我给你送！你不凭信吗？多年来我哪一年欠过租？""今年说今年！我家的粮食都给你们垫出去了，不收我们吃什么？"回头向杂毛狼说："盘②吧，盘吧！"又翻着账本向小兰娘说："你们的租是两石，给你们垫过两石二斗军粮该还三石三斗，一共是五石三！"杂毛狼插嘴说："还有新派的一石军粮！"接旺说："那让他们自己送，咱们不管代收！"这时候，他们已经装满了一口袋靠辘轴框竖着，又去装第二口袋，金虎就已经送回去一口袋又拿着空口袋来了。金虎见他们拿着斗量着装谷子，小兰母女们眼泪汪汪站在一边看，知道他们是来收租，就直冲着接旺说："这

① "军粮"，最初发表时作"军食"。
② 盘，用斗计量。

灵泉洞

谷是人家自己那二亩地里的，租种你们的地里种的是玉荬……""你管不着！收着你的，你且说话！"金虎见说也没有用，就去扛竖着那一口袋，接旺说："慢着！你就没有看见是谁的口袋？等我盘够了剩下你们再扛！说着已经又装了一口袋，接旺就指着同来的两个狗腿子说："先扛着吧！"两个狗腿子扛着走了，接旺也溜过场边去，剩下另一个狗腿子和杂毛狼还继续盘着往口袋里装。金虎没法，只好丢下空口袋拿起扫帚来去扫游糠。杂毛狼一边撑着口袋，一边嬉皮笑脸扭过头来对小兰低声说："你只要答应我个事，我替你们求个情留下两口袋！"小兰瞪了他一眼，大声说："该饿死就饿死算了！饿死了只当是叫狼吃了！""好！有本事！我看你有多大本事！"小兰娘拉了小兰一把说："闺女家不要多嘴！回去吧！"金虎见杂毛狼的话来得不善，丢下扫帚双手叉住腰看他还要怎么样。杂毛狼怕金虎发了傻气和他干起来，也再没有敢说什么。小兰趁空溜走了。

他们把场上的谷扫尽了，一共装了五口袋。接旺问："还差多少？"

那个狗腿说："差二斗多一点儿！"杂毛狼说："他们已经扛回去一口袋了！叫他们回去拿去！"接旺说："下一场再补吧！"又一本正经地向小兰娘说："下一场你再给二斗算了！"好像还留了点人情。

　　小兰先回去把场上发生的事件向铁拴说了，铁拴很吃惊。稍停了一阵，金虎和小兰娘都回去了。小兰娘一进院子就咄念着说："听着死吧！这还怎么活哩！"金虎娘听得，就赶紧走①到门边揭开竹帘子问："又怎么了？"还没等小兰娘说话，金虎就替她答应说："接旺把她们的谷就场上盘去了！"铁拴从北房里伸出头来低声说："东屋婶！这里来！"小兰娘答应着到北房里去，金虎娘和金虎也跟了去，大家见小兰早已在北房里。铁拴说："东房婶！你要留神！杂毛狼早就操了贼心！你以后一步也不要离开小兰！"金虎说："他真要敢动手动脚，冒上个跑出去不回来，先把他揍死再说！"铁拴说："真到了活不下去的时候，说不定那还是个办法。现在暂且这么跟他滚着过吧！"

　　村里人听说把小兰家的谷扛走了，差不多后晌都没有去地收秋去，割下来还没有担到场里的庄稼也都不再抢着往场里担，人们三三五五到处打攒攒，商量着对付这件事。铁拴也趁着人乱的时候，和小胖他们几个党员研究办法。金虎娘也去跟小胖他妈几个老太太们谈论这件事。

　　太阳快落的时候，杂毛狼拿着一沓给国民兵团才做好了的二十来件军衣，来找小兰缀扣子。这半年来，他们

---

① "走"，最初发表时作"趁"。

灵泉洞

村公所里不论有什么活，都强派给钉蓝牌的户口来做，所以小兰母女明知是对小兰的报复，也只得做。小兰娘说："你放下吧！我们缀好了给你送！"杂毛狼说："不！急着用！我等你们缀好了拿走！"小兰母女们没法，只得给人家做，两个人每人才缀了一件，天就有点黑了，小兰娘点上了灯。

杂毛狼一会儿又出了个鬼主意向小兰娘说："到村公所给我取电筒去！"小兰娘见他不怀好意要把自己支使开，又无法抵抗，着了急，走出东屋门冒向南屋叫了声"南屋嫂"，恰好金虎在家。金虎揭起帘子说：

"她出去了！我给你找她去吧？""不用！你替婶婶到村公所跑一趟！"杂毛狼隔着门喊："不要乱支派人！我派的是你，不是他！"这意思越发明白了，小兰娘更着急。金虎走出院里来说："你去吧婶婶！我给你看门！"说罢就从屋里走出来蹲在南屋阶台上。小兰娘见有他在院里，就放心出去了，不过她没有从刘家坪去，先到小胖家去找金虎娘。

杂毛狼听得金虎在家，已经有几分不自在；又听金虎说管"看门"的意思，好像也已经猜着了他的心事。他暗暗埋怨说："这傻瓜！你这会儿怎么也聪明起来？"他本来也想找个理由马上把金虎支使出去，可是他这会儿有点怕金虎。他想："我的心事他已经猜着了，再要一支使他，不更明显了吗？万一他的傻劲一发作马上跟我顶起来，院里又没有自己一个人，一定得吃眼前亏！"可是他又一想："要不把他弄走，眼看得要成的事不就耽搁了吗？"他又怕吃亏、又不甘心拉倒，马上得不着个主意，就搬了把椅子堵着门面朝里坐下，慢慢来想他的"两全之计"。

这院里的大门就开在东房的南边山墙下，和南屋的阶台在一个平线上。金虎蹲在阶台上待了一会儿，见小胖走到大门口用手点他，就走到门口和小胖说话。杂毛狼听见金虎走动，扭过头来一看，见金虎已经走出去，觉得十分幸运。他约莫着金虎已经出了门走出十来步之外，以为这机会再也不能错过了，马上站起身来准备去扑小兰。小兰见他一动也有点心慌，马上停住手里的活准备来对付他。就在这时候，金虎又故意咳嗽着返回来仍蹲在原处，杂毛狼也就坐回椅子上去。

静了一会儿，就听得外边有人哭，哭着哭着往南边岸上去了。又稍停了一会儿，听见村里乱喊叫，小胖大踏步跑进来朝着东屋里喊："小兰！快去看看你娘！你娘在岸上哭着哭气死了！"小兰听了这消息，好像挨了一炸弹，丢下手里做的活就站起身往外闯。杂毛狼站起来伸开两条胳膊拦住门说："你要往哪里跑？"小兰急了，左手拿着正缀着扣子那件军衣，右手捏紧了针，狠命地用双手向杂毛狼胸口一推，连椅和人都推得摔出门外去，把个针戳进他的胁缝里，自己从他的腿上跳过去跑了。这时候，除了老永盛病得不能动以外，院里人全都走完了，剩下杂毛狼爬起来忍着痛把针拔出，狠狠地叫了一声："小兰，害不死你我不姓刘！"说了就随后追出去。这时候，天已黑了，虽然有点月光，在动乱中间也看不清谁是谁，只见人们都往南边岸上去，杂毛狼也就跟了去。这时候，小兰娘已经不出声，小胖媳妇、铁拴媳妇、金虎娘都抱着她、捂着她的嘴乱喊，别的人也围着乱喊。杂毛狼趁着月光在人丛中找来找去，只是找不着小兰，他以为小兰一定是因为螫了他一针，不敢再见他，躲开了。

原来小兰娘没有真的气死，不过是铁拴他们想出来的营救小兰之计。小兰娘跑到小胖家去找金虎娘，正碰上铁拴和几个党员们刚开罢会还没有回去。他们布置的是：先让小兰娘到岸边去哭，小胖媳妇和金虎娘去劝；叫小兰娘哭大阵就装气死，她两个就假意抱住救，不要让别的人沾身以防露出假来；又打发小胖悄悄去跟金虎说，一会儿小兰要是闯不出来的时候，要他装作劝架把杂毛狼挡住让小兰跑，跑出来趁人乱的时候拉住小兰转个弯逃走；又叫小胖先在村里乱喊"救人"，接着跑进田家院叫小兰一声，然后自己跑出去。他们没有想到小兰会螫杂毛狼一针，很担心配合不好救不出小兰，后来小兰螫了杂毛狼又把他推倒地上，时间就比他们想到的从容得多了，所以当小兰一出屋门，金虎还没等杂毛狼爬起来就拉着小兰出了大门从另一条路跑了。

后来杂毛狼打定主意要对小兰报一针之仇，可是一天一天等下去，再也没有见小兰回来。

自从当场盘去小兰家的谷子，铁拴和几个党员们商量出个办法来：好粮食尽可能不要上场，就在地里想法弄个地方分散保存起来，把草秸熏了肥料，只把秸多穗少的担回场里来应付应付，他们要盘就让他们盘去，拿地里存下来的对付着过日子。不过这时候党已经停止了活动，不敢号召大家做，只好借亲戚的串联，无形中传播这个办法；好在大家前两年都有过两次空室清野的经验，各家各户准备的小窑洞也不少，有些人没有等到有人去串联他们，也已经想到这样做了，所以这年的粮食上场的只是半数上下。后来连刘承业他们也觉着有人把粮倒走了，只是大家眼多，他们的眼少，等他们知道了已经做完了。这一年，大家就凭野地里存的这点粮食过了一冬一春。

五

一九四一年春天，灵泉沟人好像发起了个刨犼狫运动。"犼狫"应该说也是一种老鼠，和松鼠的个子差不多，没有松鼠的尾巴大，颜色也和松鼠不同——松鼠是深

灵泉洞

灰色，犸狑是黄色，还有几条黑花，看起来很好玩，可惜糟害庄稼。它会存粮过冬，刨着一个犸狑窝，有时候可以得到一二斗粮食。因为上年秋天只有七成秋景，收几颗粮食又差不多叫刘家借着代购军粮和收租子，当场就收拾光了，所以大家都缺粮——有的还在外边的一些窑窑洞洞里藏一点儿，有的就连那一点儿也没有。真没有粮的想到了刨犸狑，就是在外边存一点儿的，为了关照一下免得让人家当犸狑窝刨了，为了往家里取粮食时候有个公开的名义，也断不了去刨犸狑；无形中造成了个刨犸狑运动。

有一天，一个旅部军需到灵泉沟村公所来坐催代购粮。这个军需的来头有点厉害——他用两个卫兵先把村长刘承业监视起来，并且和刘承业说："说什么也是白费！不见粮食不能算到底！"刘承业的仓库里自然有粮，只是一来不想拿自己的，二来要拿也不想叫部队摸着他的底——要漏了底，他们吃完了就还会来要。整整一天一夜，刘承业想不出应付的办法来。到了第二天，他的孩子接旺在他和军需两个人的面前说："我看老百姓还不是真没有粮，只怨咱们情面还是有点软。"刘承业说："有也是很有限的！全村产多少粮，去年秋天咱们……咱们……也知道他们收得不多！"本来他要说"咱们收了多少"，说到口边，见军需在场，就转了个弯，扯了那么个不太对头的尾巴。接旺说："要没有，他们一冬一春吃的是什

106

么？""不是早就在野地刨犺狫窝吗？""哄鬼可以！哪有
那么多的犺狫窝？有好多户都把粮食存在野地就没有上
场，吃的时候才一斗二斗往家取，碰上人哩就说他们是从
犺狫窝里刨的。叫我说咱们明天也打发村警和国民兵团都
去刨大犺狫窝，碰巧的话，一两天也许就把这次的代购粮
刨够了！"没有等刘承业说话，军需官就竖起大拇指来夸
奖他说："好！你是个会办事的！青年有为！"军需官一
夸奖，接旺高兴得不知道他自己姓什么了。他马上召集村
警和国民兵团两股人马，说明任务。杂毛狼说："这事你
交给我好了！我杂毛狼是吃野食长大的，找个门道还不外
行！我看什么地方有，八九成落不了空！"他们这样一商
量，马上决定出发，就分头向老百姓去借镢头。有人问他
们借镢头做什么，他们都说："我们也去刨犺狫窝！"有
杂毛狼那个老行家指挥，很容易发现人们存粮的地方，一
天工夫就刨了二十多口袋，拨着民夫送往三水镇，总算把
个军需官打发得喜喜欢欢地去了。灵泉沟的人们等那一伙
狼从野外回来之后，除了支差的以外，家家户户都到野外
去检点自己的损失。

这次小小事变过后，灵泉沟的变化可不小：断粮户有
好多到山上去剥树皮、剜草根充饥，有十来户担起筐子出
外逃荒；军需官回到镇上向三青团的县团部保举接旺升为
县团干事。杂毛狼在指挥刨粮食时候留着几处，到了晚上

灵泉洞

给自己刨。

金虎家的院里三家都没有受损失：小兰娘根本没有什么粮食了，铁拴家的粮食藏在自己房子里的一个地窖里，金虎家的粮食藏在老羊圈附近，因为路远，杂毛狼他们没有到过。张得福家的粮被刨光了，铁拴和小胖家匀给他们母女们一点儿暂且支持着过活。不过他们几户也和其他贫农户一样，都是老鼠尾巴，没有多大油水，自然还都不免要采些树皮草根搅和着吃。

有一个晚上，金虎拿了点玉茭从地里回来，走到洞口那一段乱石头河沟里，忽然从他眼前的石头上站起个人来。这地方离新洞口只有十来步远，他以为是铁拴，正张口去叫，忽见那人把手电筒捏得亮了一下，吓得他赶紧一蹲。他知道铁拴没有电筒，一定是村公所或者部队上的人，仔细对着月光看去，看见杂毛狼一个侧面。这一下他可吃惊不小。他以为杂毛狼一定已经发现了新洞里的秘密——因为新洞里不只存着党的文件，小兰也躲在里边过了半年了——这秘密除了他们两家以外，还只有铁拴知道。杂毛狼又向新洞的方向前进了两步，打着电筒看了一阵，就放下电筒弯下腰去把一颗百来斤重的石头推得转了个身，露出个大一点儿的石头窟窿来。

几颗大石头碰在一处，往往不能靠得太紧，中间的空隙往往是可以钻进人去的。杂毛狼把那颗推得动的石头推过去之后，又拿起手电筒，爬下去把头伸到那个空隙里去看，金虎更料定他是找新洞口，就再也不敢错过机会，丢下手里的粮食口袋，几个箭步①赶过去，两只手抓住他的两条小腿，把他倒提起来像捣蒜一样往那个石头窟窿里插下去提起来，插下去提起来，没有等他来得及喊叫就咚咚地捣了三下把他撞死。人死了手电筒掉在里边没有顾上关，从空隙里照出了一条白光。金虎先把死了的杂毛狼提出来放在一边，伸手把手电筒拿起来关了，然后又把杂毛狼的尸体填进去，仍把那颗石头转动了一下盖上口，然后拾起了手电又返回走几步拿了自己的小粮食口袋，到新洞里去找小兰。

小兰自从上年秋天跑出来之后就藏在这新洞里。按铁拴、小胖他们原来的计划，不过是想设法把杂毛狼推走然后就让小兰回去的，可是没有想到小兰会螫杂毛狼那一针。当金虎把小兰引到庄外的枣树林里，小兰才跟他说明再不可回去的理由。金虎听她那么一说，也觉得她不可回去，才临时决定把她藏到新洞里。金虎把小兰送进洞去之后，跑回去和铁拴说明了情况，又②和小兰娘商量了一下，就让金虎给小兰在洞里修下炉灶、送进去日用东西，把小兰安插在洞里住。他们三家原来已经有了互助关系，小兰

---

① "几个箭步"，最初发表时作"趁了几步"。
② "又"后，最初发表时有"同时"。

灵泉洞

入洞之后，三家有什么针线活，就让金虎在给小兰送东西时带到洞里叫小兰做。在这洞里安个家真不容易——除了不用到外边取水以外，连修灶火用的土也是金虎从外边运来的。最费的是灯油和柴：不论白天黑夜，见做活就得点灯，一月就得五六斤大麻油，把三家种的大麻差不多让一个人用完了。因为洞口小，带梢的柴拿不进去，只好到老羊坎附近的林里拾干柴棒子往里送；柴又比不得灯油送起来那么方便，就是一天只烧三五斤，平均三五天就得送一次，想要有点积存，就更得勤往里送。这地方又不是大明白日可以来的，只能在一早一晚趁着月光悄悄地往来。金虎这半年来为了照顾小兰，常常是前半月的前半夜不得休息、后半月的后半夜不得休息。

小兰的家安在那个风很大的套间里。那里的风原是从另一个窟窿里吹进来的，后来金虎割来一担白草（类似茅草）把那个窟窿一塞，风就没有了。往日金虎在初进了洞口附近的墙上存着一些点火用的松柴，他自己身上也常带着洋火，一进了口就点着松柴往套间里走，这一天他得了杂毛狼的电筒，就没有用松柴火，捏着了电筒就望着套间门走去。他一到套间门口，就熄了电筒摸进去，转过了个弯，见没有灯光，知道小兰已经睡了。按往日的规矩，金虎每逢小兰睡了的时候，常是在快到看得见灯光的地方叫几声，等小兰应了声起来之后才进去，不料这次正碰上小兰因为赶做了点活，疲劳太过，一睡下去就睡得太熟，连叫了好几声也不见答应，金虎以为是出了什么事，就捏着了电筒走进套间去看动静。他用电光向套间里扫了一圈，刚扫到小兰脸上就把小兰惊醒。小兰一睁眼看见电光，顾不上细看就爬起来抓住个明闪闪的家伙向金虎戳过来。金虎赶紧熄了电筒躲在一边说："慢慢慢！是我是我！""金虎哥？""对！"金虎又捏着了电筒，小兰才回到铺上，丢下手里的家伙去穿衣服。这件家伙是个矛子枪头，只安了三尺来长一段木把子，也是金虎当民兵时候用的。她进洞以后，要金虎给她找一个什么随身武器以防万一发生什么事故，金虎就把这东西给她找来——因为长把子拿不进洞里来，才把把子截短了。

　　金虎就在小兰拿着短矛子枪向他戳过来的时候，注意到小兰生得美。小兰有几个特"长"：个子长、辫子长、眉梢长、胳膊长、腿长，在灵泉沟数算起来，还没有比她再美的姑娘，要不杂毛狼也不会那样积极地在她身上打坏主意，不过金虎和她是一个院里的邻居，从小在一块长大，习惯了也不觉着有什么特别之处，这一次在那特别明亮的电光一闪中，见她只穿得个衬衣衬裤，露着两半截赤膊，直竖着两条长眉，拿着枪头向他刺过来，觉得活像当地一出戏中的一位打虎女英雄，真是世界少有的美人，可惜这个影子只闪了一闪就过去了，又无法让她再演一遍，

灵泉洞

金虎好像也觉得有点可惜。

小兰一边穿着衣服一边说："金虎哥！替我把灯点着！"金虎到灶前从柴灰里刨出个埋在里边的红木炭来，用两根小柴棒夹着，对在灯头上吹火。这样吹着火点灯，有点技术，会吹的一下就能吹着，不会吹的有时候永远吹不着。金虎吹了几下，因为技术低，没有吹着，就干脆扔了木炭掏出自己的洋火盒子来擦了根洋火点上。小兰说："你快给我留下些洋火吧！我的洋火只剩两根了。"金虎把自己的洋火盒子给她丢下说："我这盒里也不多了，家里也只剩两盒了。去年冬天可该多买些，今年连镇上也没有卖的了！以后还是省着点用！"小兰说："省着省着你不是又浪费了一根吗？"

灯着了，就可以看见套间里的全面情况。这里边没有个指南针，不能说东西南北，只能说前后左右。现在以小兰铺着白草睡觉的那个墙根为主位，左前方离这铺位丈把远的地方是小兰做饭的灶火，灶火旁边有连在墙上离地二尺来高的一块平面石头，是小兰做针线活的桌案；过了灶火再往前一点儿就是套间的进口；过了进口，再往前的地势就高起来，就地放着些水桶、水盆、锅、匙、碗、碟……最前方靠墙的地方是一大堆积存起来的干柴棒[1]。

---

[1] "干柴棒"，最初发表时作"干棒柴"。

再从铺位的右方看起洞壁是圆圆地抱向前去，前方和进口打对过，就是那个有大风的窟窿，这时虽说用白草塞住了，可是还有点微风——这点风还是洞里需要的，以前塞得太紧了就有点闷人，后来才松开了一点儿；过了窟窿再往前，洞壁凹进去一个大凹，两边石缝里钉了橛子，拉着一根绳子，上边搭的是小兰一些衣服；凹里边放了些带皮的大麻和干菜；再往前地势也高起来，洞壁也圆圆地抱回来和左边放柴那地方接上了。往上边看，中间的洞顶最高，盖一座两层楼房也碰不了顶，周围都是逐渐低下来，圆圆地抱到下边的地上。在烧火时候出烟很利落，预料上边有裂缝可以通到外边，不过始终也没有在外边看见有烟出去。

金虎早把那一小口袋玉茭放在进口的墙根，点着了灶前的灯，手拿着电筒，坐在小兰烧火时坐的草垫上。小兰穿好衣服走过来，从他手里把那个手电筒接过去看着说："你不是说过银虎的手电筒就没有拿回来吗？这会儿怎么又找着了？"金虎说："这可不是银虎那一个！""是谁的？""杂毛狼不知道从哪弄来的！""你怎么借他的东西？""哪里是借的？杂毛狼已经回了老家了！""几时死的？""刚才。""在哪里？""离这洞口不几步远！他来找这个洞口，我……我把他干了！"金虎本是个善良的小伙子，虽说弄死的是杂毛狼，究竟是打死了人，说起来有

灵泉洞

点紧张。接着金虎就把来送粮食遇上杂毛狼的事向小兰说
了一遍。小兰听他说把杂毛狼的尸首填在洞口附近一个石
头窟窿里，就跟他说："我的傻大哥！杂毛狼丢了，村公
所不会不找。这以后天热了，过几天发了臭，人家到这洞
口边来找出尸首，这洞也就保不住了。"金虎想了一想觉
着小兰的话有道理，就又想了个办法说："让我再把他背
出去扔到沟前边那个大水池子里好了！"小兰同意了金虎
的主张，金虎便把电筒交给小兰收存、使用，自己点了根
松柴走到洞口，摸出洞来，摸到杂毛狼死的地方，搬开石
头，把杂毛狼的尸首拉出来。他见杂毛狼腰里围着一条口
袋，才知道杂毛狼还是为了刨粮食才到这里来的。原来是
金虎上一次给小兰送粮，走到这里，口袋漏了，漏在那石
头丛里一些玉茭，被杂毛狼在这一天白天发现了，以为下
边有藏的粮食，所以夜里才到这里来。金虎就用他的口袋
兜住他的腰，背到前边大水池的岸上，连口袋往下一扔，
心里暗暗说："你到龙王宫里刨粮食去吧！"平常往水里
扔个东西，不过是"扑通"一声响，可是这一次的响声特
别，"轰"的一声震得地有点动，吓得金虎愣了一下，拔
脚就跑，跑了不几步，又听得西南边"通""轰"先轻后
重响了两响，才想到是大炮的声音，预料是日军又来扫荡
来了。

六

金虎听见炮声，知道是日军出发了。自从国民党军队来到三水镇一带以后，日军还没有来过。他们的县政府和村公所，除了要东西要人以外，也从来没有说过日军来了老百姓该怎么办。金虎摸不着底，急于想回去看看铁拴他们准备怎样对付，就加快了脚步赶紧往回走。他走到庄外的枣树林边，早听得树林里有人低声谈论，知道庄上人也已经被炮声惊起来了，就不露声色地慢慢凑到离人近的地方。这时候的炮声仍然不紧不慢地继续响着，枣树林里的人也越来越多，金虎起先也和别人说了几句估计情况的话，见人们都没有注意到他是刚从洞上回来的，就搭讪着溜到一边慢慢回了家。等金虎到家的时候，他们院里三家人都起来了，小兰娘和金虎娘都在铁拴家里商量对付敌人扫荡的办法，金虎也凑到北房去。小兰娘一见金虎，先问小兰的情况，金虎告她说没有问题，不过没有把弄死杂毛狼的事说出来。

大家向铁拴问主意，铁拴说："现在的情况还弄不清楚，不比咱们的军队在这里的时候——那时候早一点儿可以得到消息，现在炮响了还不知道敌人要从哪路来。我想等一会儿总会知道一点儿眉目。不论三水镇往南一带的

灵泉洞

军队怎样顽固，敌人打到他们头上，他们总不会连动也不动一下。如果敌人只是南边的一路，那不过是小出发，打一阵炮，到山边抢点东西就走了；要是分几路来围攻，那就有进山来的可能；万一要来的话，咱们还是过去的老办法，把妇女小孩隐蔽到洞里，男人们分散到山上隐蔽，只可惜他们把民兵的武器都搜走了，连个防身的家具也没有，群众也没有组织。我想就是敌人要到这里来，军队不转移，村公所那些坏蛋不走开，咱们还不能去组织群众，最好是等炮声再近一点儿，他们那些坏蛋只顾逃命的时候，咱们再想咱们的办法。"

正说着，小胖从外边跑进来低低地喊："铁拴哥！快领上大家走！来了！"说着也跑进北房。铁拴说："这消息靠不住！炮声还这么远，怎么就会来了？""来了！大家都看见的！刘家坪、白土嘴都有了！很多！快走！"这么一说大家都着了急。金虎和小胖抬着金虎爹，其余的人都只拿了点紧要行李就跑出来。他们刚一出门，见几个穿军服的人拦住去路说："不要跑！回去给我们收拾房子去！"其中一个人，打着电筒在大门上写部队番号，原来就是在三水镇驻扎的军队。小胖刚才说已经有敌人到了刘家坪和白土嘴，也是这些部队，因为事前没有打过招呼，黑影里只看见好多人，分不清是什么人。

不论多么顽固，既然还是中国的军队，老百姓看他们自然还和看日军不一样，见不是日军，金虎他们就松了一口气，都返回院里来。小胖和金虎仍然把金虎爹抬着往南房去，那个号房子的兵拦住说："且不要把病人往这屋子里抬！这个屋子我们要住一个班！"金虎说："那叫我们住哪里呢？""你们合并合并！"铁拴说："那就且抬到北房吧！"那个兵说："那也不行！北房也要用！"铁拴说："好老总！我们一院三家人，至少我们也得有两个房子，才好把男人合到一个房子里，女人合到一个房子里……""这是'非常时期'，说什么男女？不要啰唆！连一点儿'战时教育'都没受过！"说着已经在南房的墙上用粉笔写完了番号，又转到北房门上去写。小兰娘说："那就只好抬到我那里了！"金虎和小胖就把金虎爹抬到东房里去。

接着，踢踢踏踏进来了三四十个兵，枪支、行李扔下一院。铁拴、金虎见人来得多了，各自跑回家去照顾自己的东西。那些兵看了墙上写的字，各自找自己要住的地方。他们进了屋，把铁拴他们的东西，不分锅匙碗筷、盆瓮缸坛、衣服被褥、犁耙锄镰……一同扔到一块说："快拿出去！"铁拴和金虎见这气派，知道没有什么道理可讲，只好都先拣打得破的东西往外搬。

另外有几个兵问那个号房子的兵说："我们在哪里住？"那个兵说："等一等！"他马上又跑到东房墙上号了字，就进到东房里说："你们搬出去吧！这个房也得用！"

灵泉洞

金虎娘说："你叫我们住哪里?""你们住西房!""哪里有西房? 那只是个棚子,外边挡着些高粱秆,还喂着两个小驴,怎么住人哩?""南间里喂着驴,北间里不能住人?""北间里草塞得满满的,哪里还有空子?""快搬! 不要说废话! 草一会儿就用完了!"金虎娘听说他们要用草,着急地说:"你可不能用我们的草! 用了草我们的驴还怎么喂?""废话! 哪个当兵的还带着铺草?"他正和金虎娘争吵着,院里的兵已经动手往南北两个房子里搬草,该住东房的兵怕别人把草搬光了自己没有铺的,也各自去抢了一捆,放在院里坐在自己屁股底,还有两个见东房墙上号了字,就跑进东房撵人、扔东西来占自己的铺位。

铁拴见无法商量,就向东房里喊叫说:"都出来吧! 咱们还是搬到洞上住去!"

这一阵,小胖已经走了,金虎和金虎娘抬着金虎爹,铁拴把他和金虎家的两个驴牵出来,搭上鞍,把紧用的东西挑出一些来,能使驴驮的使驴驮,不能使驴驮的放在筐子里用人拿,先把两个驴驮打并好,让他媳妇抱一个孩子、拉一个孩子捎带赶一个驴,让小兰娘提着一筐锅匙碗筷捎带赶一个驴;先把这两个人打发走了,然后把还得拿的东西装满了两筐准备挑着走,又把拿不走的盆瓮缸坛往原来放草的棚下边安置。

金虎他们往洞里的路上走的时候，路上断断续续也走着一些人，进了旧洞，见旧洞里早已左一堆右一堆烧着火，有好多人正沿着墙根布置自己休息的地方，见金虎爹也被人抬来，近邻们都争着给这位老人让铺位。金虎娘和大家谦让了一会儿，就靠着小胖他爹的铺位把老头儿放下。金虎到沟外把驴身上驮的东西卸下来，先把驴拴到沟南岸一个草坡上，然后扛了一驮东西和铁拴媳妇、小兰娘相跟着走过那一段乱石沟，进了旧洞，让她们都安插着各自的位置，这才又去搬另一驮行李。

这时候，洞里的议论十分热闹："你家也住满了？""要不满我还会来？""这些兵会不会放枪？""不知道！一枪也没有听见放！""会！记不得去年在镇上杀共产党？老正明是怎么死的？""没事吃粮，有事占房！反正只有他们能活！""占房也该和气一点儿占呀？那股凶劲我看也和日军差不多！好像咱们成了敌人了！""八路在的时候是听见炮响往山外开，这些兵是听见炮响往山里开！""说话小心点！不要'七路''八路'的！""不怕！现在来的人里边还没有一个狼！""……"正议论着，杂毛狼老婆也掖着一卷铺盖、提着个篮子走进来。大家见她来了，就转了话题谈别的事。有个人故意问杂毛狼老婆说："怎么？军队也住到'你们'家去了？"杂毛狼老婆说："什么他妈的军队？跟土匪一样，呼一喝二把人往外撵……"金

灵泉洞

虎这时候正把第二驮行李扛回来，听见杂毛狼老婆说这几
句话，心里想："活该！那是你们伺候的好掌柜！"其他
人也这么想，不过谁也没有说出来。杂毛狼老婆继续着唠
唠叨叨埋怨杂毛狼说："还有我们那个该死的！村公所也
找不着他，也不回来照顾一下自己的家，不知道上哪里死
去了！"她这几句话，可投合了大家的心事，都觉着真是
"该死的"。金虎想："他'上哪里死去了'，只有我和小
兰知道。"

金虎他们把住的地方都安顿好了，只是还不见铁拴
来。铁拴媳妇很着急，生怕再出什么事故。金虎说："让
我回去看一下。"说了就往回走。金虎以为在路上会碰上
铁拴，可是没有碰上，一直到家，见院里住着的那些兵，
留住铁拴叫给他们打扫屋子、烧开水。那些兵见金虎回
去，就也把金虎留下和铁拴一块儿做活。金虎觉着该倒
霉，不过也还有点好处，能把在洞里安顿三家人的情况趁
空子告诉铁拴。

金虎才进去一小会儿，一个村警领着一个兵来了。那
个村警说："可算找着两个人！"那个兵向金虎和铁拴说：
"走走走！旅部要你们去担土修灶火！"院里的一个兵说：
"我们这里还有活做！"旅部那个兵说："你们自己干什么？
一共两个民夫，先尽你们要呀，还是先尽旅部要？"又向
铁拴和金虎说："走走走！"铁拴和金虎也只得跟他走，

院里那个兵也没有再说什么。铁拴和金虎跟着村警和旅部那个兵往刘家坪住的旅部去，差不多忙到天明才把旅部交代的活儿做完。村公所怕再有人要民夫，还不让他们两个人走，金虎说："实在饿得不行了！等我们到洞里去弄点什么东西吃了再来好不好？"一个村警考虑了一下说："可以！要你的时候你再来好了。"

铁拴和金虎为了避免麻烦，也不敢再回田家湾取筐子里的东西，一直跑到洞里来，天就快明了。铁拴把驴驮里装的山药蛋拿出几个来在柴火里烤着还没有烤熟，金虎忽然想起个事来，马上望着他娘的耳朵说："咱的洋火带来了没有？小兰没有火了！""带来了！""快给我！一会儿天明了，这里这么多的人，就不便再去开那个洞口了！"金虎娘找着了两盒洋火，握在手里悄悄塞到金虎手里，金虎便溜出旧洞往新洞里去。

金虎进到新洞的套间里，正碰上小兰烧火做饭。小兰吃饭，不按外边的规矩做。住在这洞里，分不出什么白天黑夜，常是饿了就吃，困了就睡。小兰常以金虎来一次算一天，所以有时候一天只吃几顿饭，有时候一天要吃几十顿饭。金虎见了小兰，先把一夜间发生的变化告诉小兰说了一遍。小兰说："这么说来，你一定是饿了吧？""直折腾了一夜怎么能不饿？刚把几个山药蛋烧在火里，就想到要给你来送火！""其实也不是那么用得急！你不是还留下几根吗？要是每次都把木炭埋好，也费不了几根火！你先把我的饭吃了吧！我一会儿再做！""我怕一会儿天明了不便出去！""不怕！只要有一点儿空子能爬上去就行！家里人都住在旧洞里，就不会有人乱猜你来得奇怪！你冒充个拾柴的，拾一些柴拿着回去不就对了吗？"金虎见她说得有理，就老老实实坐下来吃饭。

小兰自从送走了金虎，还不到一夜工夫，为什么就起来做饭来呢？原来小兰早已爱上了金虎，每次把金虎送走之后，总要有很久很久安不下心来，有时候吃过五六顿饭也睡不了觉；这一次更因为杂毛狼已死，就又考虑到自己是否可以出洞的问题，所以自金虎走后根本就没有睡，后来干脆也不睡了，又点着灯做了一阵活，就又来做饭。

金虎胡乱吃了点饭，就匆匆忙忙往外走，走到洞口听得人声嘈杂，不知道发生了什么事，往外一伸头，见天已大明，对过岸上的人三三五五走动着，要一出去彼此都能明明白白互相看见，只得又缩回头去等，可是等了好久人声也没有停下来，太阳已经照到野葡萄藤上了。

原来因为金虎在离开刘家坪的时候向一个村警说要回洞里吃饭，就惹下了一场麻烦：那个村警向刘承业和刘石甫献计叫把村公所搬到洞里。他们都很赞成，就打发村警先到洞里把老百姓撵出去然后搬家。村警到了洞上去撵人，可是撵不动，大家都说到这些时候谁先占住谁就住，村公所来了也还放得下，有他们住的就有群众住的。村警回去报告了这种情况，刘石甫和刘承业因为找不着杂毛狼，就骂了这个村警一顿不会办事，然后带着几个村警自己出马往洞里来。刘石甫又用他自己的省城"官"话向群众说"战争时期要守秩序"，说大家搬出去了洞里就"秩序"了……可是他说了一阵，除了有些人笑他的"官"话以外，还是没有人肯搬。

就在这时候，另一批有势力的人来了——他们的县政府、国民党县党部、三青团县团部、公安局连他们的妻小家属浩浩荡荡将近一千人——因为有接旺在内，连领路的也不用找，到村里也没有停，一直往旧洞里来。

这些人来了自然不用和群众商量，只用武装警察进去一赶，就连刘石甫和刘承业都赶出来了。刘承业暗暗嘱咐接旺到上边求个情把村公所也留在里边，可是这洞里住一千人本来就有点窄小，再加上那些头头们又都要占个加倍宽绰的地方，所以不只村公所住不进去，连公安局还有一部分人也得住在洞前边一段悬崖下边。

群众被赶出来之后，有的散到地里那些存过粮食的小窑洞里，有的上了大山，有的坐在乱石堆里想主意，有的被人家新占了洞的人又抓了差。被抓去担水的人，发现大池里漂着杂毛狼的尸首，打捞上来认出是杂毛狼，杂毛狼老婆就去哭丧。他们的县政府在这逃命的时候，也顾不上检验尸首，胡乱看了一下说是"失足坠崖撞死落水"就催着民夫们埋了。粮食受了损失的人们都想着："他要早死几天的话，粮食还损失不了！"这时候南边的炮声又响起来，他们的公安局赶紧撵散了沟里的群众，把沟前、沟后、岸上都布了岗哨。

有十来户人家上了大山，铁拴他们三户也在内。金虎娘悄悄告铁拴和小兰娘说金虎到新洞里给小兰送火没有出来，他们都很着急。

七

金虎在洞口听得人声嘈杂，正是那些警察把群众赶出洞来的时候，还没有等到警察赶散了群众布上岗，太阳就出来了，金虎见出不了洞，就又回到套间去和小兰说明情况。小兰说："既然出不去了，就等天黑了再说吧！"金虎说："可是一夜没有睡觉，瞌睡得要死！""瞌睡了那不是铺？""我怎么好在你的铺上睡觉呢？""我的傻大哥！再不要分那么清楚了！你就再分得清楚一点儿，将来也和别人解释不清楚！咱们两个人的关系已经算现成了！我看这样就很好！你还有没有别的意见？"这些话在小兰已经想过几百遍了，也有好几次想说没有说出来，这一次很没有费气力就说出来了。在金虎这方面说来，这还是个新问题。金虎也很爱小兰，只是自己背着个"傻"牌子，没有想到小兰会看得起他，现在听了小兰的话，自然是十二分赞成，不过马上想不起来该说什么好，愣了一阵之后，就笑了笑说："那我可说睡去了！"说了就站起来往铺上去。小兰叫住他说："你不要马马虎虎的，究竟你赞成不赞成？"金虎回头来低低地望着小兰的耳朵说："只要你不嫌我傻，我还会有什么说的？"小兰听了这句话，觉着算是了结了一宗很不易了结的心事。

因为金虎和小兰两个人都熬了眼，就把吃这一顿饭的工夫算做了一天，两个人一齐睡去，等到洞外太阳入山的时候，金虎先醒来推醒了小兰说："你去做饭，我到口上看看动静，吃了饭一等天黑了我就出去！"小兰起来去做饭，金虎起来到洞口去探动静。

金虎来到洞口，见野葡萄藤上已经没了太阳，知道天气离黑不久了；又听了听洞外十分安静，手扳住石头把头伸出去隐在葡萄藤里张望了一下，也没有发现一个人，正想出去看一眼，忽听得对过岸上有人咳嗽，抬头一看，见一个穿着黑制服带着枪的人站着岗，吓得他赶紧缩回来。他想："这一定是他们的公安局来调查杂毛狼死了的事，要不警察怎么会到这里来站岗？"他把这事又告诉了小兰和小兰商量对付的办法。小兰说："依我看还是不出去好！他们要调查，也不过调查一下就走了，总不会在这

灵泉洞

里常住。咱们这里有吃的有烧的，就跟他们熬上半月也熬得起。难道他们能在这里住半月吗？再说还是日军扫荡时候，他们不会为一个杂毛狼一直熬在这里。"金虎说："走着看吧！反正现在不能出去，也只好看机会再说！"

他们两个又吃过一顿饭，天就黑了。金虎又赶着月光去看了一下那个岗，见还没有撤了，也只好打住下的主意。小兰告他说到洞里就要按洞里的规矩过日子，说："不管洞外现在是黑夜还是白天，按洞里的规矩，睡起觉来吃的第一顿饭，只能算早饭，吃了就该干活。"金虎要小兰给他找点活干，小兰叫他去磨面。洞里有个小手摇磨，原是铁拴家的一个磨煎饼汁用的磨，早已让金虎给小兰搬到洞里来用。这个小磨，摇起来倒很轻，可惜磨得太慢，一整天也难磨够十斤粮食。金虎摇得很着急，可是没有用，再有气力也用不上，摇得太快了就会把磨顶上的粮食轮得飞到地上去。小兰给铁拴纳了一段鞋底，又做成了一顿饭，金虎也不过磨了三斤玉荽。小兰说："傻大哥！又到吃饭的时候了！"吃了饭就算下午，金虎又问小兰该做什么，小兰说："你休息一下吧！这里没有你的什么要紧活了！"金虎开头依着小兰的话休息了一阵，不过劳动的人，坐过一会儿来就觉着没意思了。他忽然想起个事来问小兰要手电筒。小兰问他做什么，他说："墙上那个窟窿究竟有多么深咱们不知道，也不知道里边有什么东西好像磨面一样呼噜呼噜响，从前因为风大点不着灯没有法子看，现在有了手电筒可以看一看了！"小兰说："那个我也想看看！咱们一同看去！"小兰跑到铺上又取出那个半截矛头枪来。金虎问她取那个干甚，她说恐怕碰上什么厉害东西。金虎说："要有什么厉害东西，不早把白草顶开进这里来了？"虽是这么说，小兰还是取了矛子枪来，又把电筒给了金虎。

揭开了白草，自然还是那么大的风，先把灶前的灯吹灭了。金虎开了电筒在前，小兰拿着矛子枪在后，两个人好像个小小的探险队。在塞白草的地方以外可以站着走，取了白草再往里就只能爬着走，爬了有十来步，里边就又可以站起来了。这时候听见的声音已经不像是磨面，简直是吼雷。金虎用电筒向左方的侧面一晃，怪叫了一声说："大蛇！"小兰挤在后边没有看见，只把矛子枪塞在金虎的左手边说："快快！给你枪！"等金虎接了矛枪，她便把头从金虎的腋下伸出去说："哪里有什么大蛇？"金虎又一晃电筒，小兰见白亮白亮一段东西蠕蠕地从上往下走动，比自己做饭这小炉子还粗。灵泉沟这地方没有蛇，小兰没有见过，金虎在别处见过，可是也没有见过这样大的，猛一看愣住了。小兰远远看见那东西也没有个头尾，只有那么丈把长一段，一直走动也没有个完，就问金虎说："怎么也没个头？"金虎把电光向右方移动了一

127

灵泉洞

下，见那东西钻下地去，对过又成了石头墙壁；又更往右移了一下电光，见黑咕隆咚连墙壁也没有了；又往上晃了一下，对过的墙壁是直立着的，好像很高；返回去又晃到左方那一段东西上去，见还是那么粗，还是那样走动。小兰说："一个蛇有多么长？怎么再也走不完了？"金虎说："再等一等看！"又等了很大一阵，那东西仍然是那么走着，一点儿也没有变化。小兰说："就是有几里长也该跑完了。一个蛇有几里长吗？"金虎说："不是蛇！不会有那么长的蛇！""那么是什么？""不知道！让我走近点看一看！""你可小心着！"这两个年轻人，一个没有见过蛇，一个有点傻胆气，要是别人的话早缩回去了；要真是蛇的话，也早把他们伤了。金虎走到近前蹲下去一看，回头叫小兰说："不是蛇！是水！"虽然只隔两三步远，因为水的吼声太大，小兰听不见金虎说什么，就走了几步凑到金虎跟前，等金虎又说了一遍，她才听见，和金虎一同蹲下去看。只见那水从一道斜坡形的夹道里流下来，表面上纵起些条纹，好像是鳞片；中间不是平面，好像有一道脊梁，也不往开散；顺着往下看去，坡更陡，更下边好像成了直的钻下底去；吼声就是从那下边发出来的。金虎见那水流得很紧，把电筒交给左手，矛子枪换到右手里来，用矛子枪往水里一探，还没有等他插下去，就好像有人把矛头拉住一样，猛一拉差一点儿把他拉进水里去；他一松手

128

矛子枪就飞也似的下坡去了。小兰拉了他一把，两人都往后退了一步。金虎说："这水好大劲儿！"金虎又用电筒扫到顶上，见离顶还有两三丈高。宽可只有丈把宽，是个扁长形的缝儿，左方高上去，右方低下来，再往右好像是入了地。地上的水还不够三尺宽，深浅还不知道。金虎又用一只脚跨过水去，两只脚蹬着两边的石头向小兰说："咱们这样往上坡走一走看上边是什么样子吧？"小兰没有听清楚他的意思，只是以为在这里冒险没有什么意思，就喊他说："咱们回去吧！这里太凉了！"金虎听她喊凉，也觉得有点凉，就和她一同又回到套间里来，仍用白草堵了窟窿。

在他们两个过的是下午，洞外边可还是后半夜。金虎又到洞口去看了一次，正是天黑得举手看不见拳手的时候，到那乱石堆里无法走动。金虎再想不出办法，这才又回套间去给小兰磨面。就这样过了三天，见洞口对过那个岗还没有撤，金虎真有点等急了。有一天，洞外的天刚有点亮，金虎把头伸在野葡萄藤里眼不转睛地看着那个站岗的警察。这时候，旧洞那边喊那个站岗的警察说："喂！局长叫你到旅部去一趟哩！""谁来换岗？""不用换了！有两个岗就是了吧，要那么多的岗干什么？"听口气也可能是个什么小头头儿。那个警察听了他的话，撤走了。金虎等他走远了，以为机会来了，就拉开野葡萄藤爬上来，

灵泉洞

他刚一露面，沟后边有人喊："站住！"他扭头一看，见离他四五十步远的乱石堆里还站着一个警察，已经把步枪端起来瞄他，吓得他一把拨开葡萄藤又跳进洞去。那个警察开了枪，不过没有打着金虎，子弹打在石崖上。

可是这一枪非同小可，连旧洞里的县长、县党部书记、公安局局长……各个头头儿和他们的全部人马一齐惊出来了。那个开枪的警察指着新洞口那方向说明了那里有人，然后同其他几个警察跑到跟前，发现了新洞口。一个警察对着洞口喊："快上来！要不我就开枪了！"没有人应声。他朝着洞口往下打了一发子弹，也没有什么动静。另一个人回旧洞里拿了个电筒向洞口里边看了一下，发现底下有水，旁边的崖石有凹进去的地方，就向局长报告了情况，他们这位局长没有敢近前去看，只把自己的盒子枪交给一个警察带着下去。那个警察下去先朝着崖石凹进去的地方用电筒一晃，一道银光直挺挺晃进洞里去，吓得他向着电光所到之处先打了一发子弹，洪大的回声似乎比日军的炮声还响亮得多，站在洞口的几个人都吓得退了两步。那个警察见是这样大一个洞，估不透里边埋伏着多少人马，赶紧跳上来向局长报告。局长命令全部警察一同下去搜索前进。这些人下去，一个个平端着上好刺刀的枪把身子缩得像老鼠一样，用十几个电筒四方八面晃着，沿着墙根慢慢一步一步探着往前走，好像都怕地下有陷阱把自己陷下去。往左方去的，走到水池边，发现墙上像猴子一样的石头，就有个人大喊："找着了！找着了！"向右去的那些人听说找着了，就往这边凑，有个人一不小心，踏进一个石窝窝里——这是小兰用的厕所——踩了一小腿粪。左边那个人向那颗石头喊："快下来！要不就开枪了！"石头自然没有动，一个手快的又开了一枪，只震起些灰尘来，好像起了雾，电光有点不亮了。当大家判明是石头以后，才又向别处搜索，搜到了套间口，又碰上了难题——谁也不敢进去。这以后，自然又是打枪、请命令那一套，不必细说。他们从早晨磨到了晌午，才有第一个人被命令所迫，顶着凉风钻进套间那个窟窿里。这个人一进去也把水看成大蛇。他连身也没有转过来，就尖声怪叫着倒爬出来。局长听了他的报告，就命令连续打枪，大家也就轮流着像打靶似的一股劲打，一直打了有半个钟头，把他们的子弹差不多打完了，局长才叫停止。局长说："就有一千条蛇也该都被打跑了！大家进去吧！"有几个一个接连一个往里爬，爬在前边的一个用电筒一瞧，正要喊叫，可是又看见有点不像蛇，又停了一下就判明是水。他装出英勇的口气说："都是他妈的怕死鬼！哪里有什么蛇？不过是一股水就吓得大家打了半天！"他说着先爬进去，后边的人好像也都变成英勇的人物跟了进去。前边的人向左方移动了几步，后边两个也都走到站得起人来的地方，

灵泉洞

因为地方不宽，再后边的就只好仍然爬在窟窿的低处。前边那个人好像还要卖弄他的镇静，就蹲身下去说："看这水多么清？"他左手打着电筒，右手拿枪托去水里一搅，被水猛一冲，没有等他撒手，就连他也拖进水去，只见电光一闪，明晃晃拉成一条，像空中的闪电一样，一晃就入了地了。这一下，吓得另外两个人要往后退，窟窿里的人还想往前钻，两边的当头一个的头碰了头，电筒碰了对方的枪。里边的人喊"快走"，外边的人就倒退，挤了个乱七八糟。退出去之后，里边的两个对局长报告了里边的情况，并说明前边那个人被水冲走得如何快，如何来不及拯救，局长也只好作罢。局长说："看来里边原来住的那个人，一定也是咱们追得紧了，躲到里边被水冲走了！"

这时候是敌人出发的第四天，炮声早两天就不响了，可是谁也弄不明前方的情况，县政府备文去问了旅部，旅部的复文说"正在侦察中"。旧洞里这些人们，几天都嫌住得太挤，发现了新洞之后，一听说里边宽绰，又有水，大家抢着往新洞里搬，并且叫村公所给他们到野地里找民夫砍树、劈柴、割白草……在新洞里安家。

八

现在应该谈谈金虎和小兰的下落：金虎见沟后边那

个站岗的警察发现了自己并且打了一枪之后，跑回洞里
和小兰说："坏了！叫他们看着了！马上就会有人来搜咱
们！""啊？那怎么办？"小兰正洗着锅碗（他们刚吃过
在洞里说来是晚饭的一顿饭），一听这消息，马上停住了
手。金虎说："咱还是先躲一躲看看情况！""躲到哪里
去？"这时候，洞口打了一声枪。金虎说："快拿出铁拴
哥他们那一卷文件来！"小兰从木箱里抓出一卷东西来递
给金虎说："快烧了吧！"金虎说："恐怕烧不完他们就
会进来！咱们把它丢在窟窿里的水里边就冲走了！我们
也且躲进窟窿里去，他们要不大搜，咱们就再出来；要大
搜，咱就骑着那股水往窟窿后边钻！""钻进去他们要不
走我们怎么办？""反正现在只有那一个躲处！咱们进去
再商量吧！里边冷！你把你的衣服都拿上！可惜把咱的
矛头枪丢了！拿上咱们的劈柴斧！追得咱们紧了干他一
个算一个！"这时候，外边又响了第二次枪。这一声比前
一声响亮得多，因为是朝着洞里打的。小兰说："他们进
来了！咱们快走！"说着先到铺后取过电筒，又到搭衣服
的地方把绳子揪下来，把绳上的衣服一捆，背在背上，金
虎也从柴堆里取出劈柴斧，把窟窿口上的白草移去了，放
出那一股阴风，他们便顶着风钻进窟窿里。金虎先把文件
往水里一扔（自然是一闪就下去了），然后先骑着水蹬住
两边的石头，回头向小兰说："照我这样跟着来！脚千万

133

灵泉洞

不要踏到水里！"小兰一只脚刚过水去，外边就开第三枪打那个石猴子。小兰说："快走吧！他们进来了！"金虎说："不怕！那么大个洞，他们搜查一下也得一阵子！不要慌！一步一步踏稳了走！"他们一步一步慢慢走着，顺着斜坡往上上，转过一个弯去，坡更陡了点，好在这里边冷一点儿，没有霉苔，虽说坡陡了走着吃力，可不光滑，所以他们走得很有把握。这时候虽然又听到他们进套间时候打的那第四次枪声，不过有那水的吼声，又加上风往外顶，要不注意几乎就听不见。这一段仍是又窄又高的石头缝，再往上，顶就低得只有一人多高，脚下的地势可又平了好多。他们又转了两个弯，水靠了右边的墙，左边已经露出丈把宽的平地来，金虎先靠了一边，用电筒晃着向小兰说："靠这边来！"小兰靠过一边来向金虎说："歇一歇吧！下边的坡太陡，腿没有劲了！"金虎听了她的话，就坐下来。小兰也坐下去。

这地方，风也小了，在窟窿口边听见那水的吼声也听不见了，眼前的水声不过像用水壶在水缸里打水的样子，"卢卢卢卢"的一点儿也不难听。

小兰见水流得不那么紧，用手去试了一下，也不过像在河沟里洗衣服时候那水那么紧，就坐得更放心一点儿。金虎熄了电筒，小兰说："我的傻大哥！你不是说到里边来再商量怎么办吗？现在咱们就商量商量吧！"金虎说：

"咱们看看情况再……哈哈哈……你看我只顾走路就忘了正事！咱们尽管往里走，还能知道什么情况呢？不行！我还得返回去看情况！你就在这里等一下！要是没事了我就回来叫你；要是不能回去，我自然就又来了。"小兰说："你不要愣往回走！要是和他们碰了头怎么办？"金虎说："我自然不会马上再回到洞里去！不要怕！我和他们碰不了头！他们打了好几次枪还没有进到咱的套间，要是想往这个小胡同里来，恐怕走三步就得打枪！"小兰说："要往回走咱们还相跟着走不好吗？""不行！你已经走累了！还是我一个人去吧！"金虎打起电筒正要走，忽然想到自己拿走了电筒小兰没个照明的，便问小兰说："你把洋火带来没有？"小兰说："盒里只有三两根火了也忘了带！你不是说过你是到洞里给我送火来了吗？如今人也出不去了，怎么也没有见你送来的火？"金虎摸了摸衣服口袋说："我真成了傻瓜了，整天整夜只顾想出洞的办法，就忘了把火交给你！"说着取出火来交给了小兰，自己打起电筒返回去了。

　　金虎转了两个弯，掉转头手托着地退下了陡坡，还不到再转弯处，就听得水的吼声中夹着匀匀整整的枪声一直继续响着。他也不知道人家几时就已经响起，一连又听了三十多声，还不见个完。他想："这些家伙们好像非搜我们不行了！不过他们进得可真慢：我原来想他们是三步一枪，现在看来可能是一步二枪了！"其实金虎这次估计得还是太快，没有想到人家是站在窟窿前边打靶。金虎无意听他们尽管打枪，听了一阵就仍然返上陡坡，走到小兰等他的地方，熄了电筒和小兰说明情况，又说明他对情况发展的估计。小兰说："这样看来，我们再不能出去了！真倒霉！这山顶上边也不会塌个窟窿！"金虎听了小兰末一句话，愣了一愣说："那可也不一定！咱们现在走的是个上坡。我想一直往上走，总有个到顶的时候！""走到上边要没有窟窿哩？""没有窟窿也不过和这里一样吧？反正这里没有窟窿！"

小兰在等金虎的时候，已经把应该加的衣服都加穿到身上，把剩下的仍用绳子捆起来吊在背上，金虎仍拿起他的劈柴斧，就都又往前进发。这一段路和金虎想的相反——越走越平，有时候已经平到看不见水流。他们走着走着，胡同越来越宽，就又走进一个大洞里。这个洞比原来那个新洞还不过大，样子和那个洞大不相同：周围没有圆圆地抱上顶去的墙壁，都是些小山一样的削壁，好多凹进去的地方又黑又宽，各自成洞；靠右边的地势高，地面不平，有好几个洞里往外流水，粗一股细一股地顺着地面上一些不规则的壕沟，汇成了较粗的几股子向右方流着；左边的地方大部分淹在水里，有好几个洞口根本被水淹着底部人不能过去，看来这几个洞才是水的主要出路，金虎他们进来的那条路上，不过才分了这水的一小部分。这个大洞里虽说有这么多的水，因为没有很大的坡，却没有冲击的声音，有点响声，也不过"滴滴铃铃"，听起来一点儿也不刺耳。

他们两人看了一阵，小兰说："窟窿倒不少了，可不知道哪一个可以走出去！"金虎说："咱们拣陡坡上——坡陡了自然上得高！"他们试着进了好几个口，发现有个没有水的洞，一进口就上坡。金虎说："就上这个吧！你把你的行李给我！省得再把你背累了！"说着接过小兰背着的几件衣服，又把手里的劈柴斧，像小孩拴着树枝当枪背着一样，也拴在身上背起来，打着电筒上坡。果然像金虎希望的那样，越走坡越陡，不过越走路也越窄，走了不够一百步，路就变成了像井一样那么个直上直下的窟窿。小兰说："你说坡越陡越好，这坡可够陡了吧？""够陡了咱们就上！""我的傻大哥！这还怎么上哩？""再比这陡也能上！""自然不会有再比这陡的了！可是怎么上哩？"金虎把电筒交给小兰，然后用手在两边撑着、脚在两边蹬着往上爬了几下向小兰说："就是这样上法！"小兰正要跟着上，金虎说："你且不要上！让我先上去探探！"小兰给他打着电筒，他便继续往上爬了，爬了大约有两丈高，就闪过一边说："上来吧！这里好像又有坡了！"小兰伸手去撑墙，才发现电筒占着手，就向上喊："电筒怎么拿上去呢？"金虎想了想，就把拴大斧的绳解下来说："给你这绳，把电筒拴好，吊在胸前，就拿上来了！"小兰照着他说的办法，就吊着电筒爬上去了。金虎从小兰手里接过电筒看了看上边的地形，不只成了坡了，而且路也宽大了。金虎说："这是咱们的楼上！"小兰说："连出路还没有哩，还要说玩笑话？"金虎说："真要没有出路，发愁也没有用！纵然出不去，上上楼不是也很好吗？"小兰说："这电筒好像没有以前亮了！"金虎一听马上把电筒熄了说："真是的！这可不能开玩笑！要把电用完了，有出路也找不见了！"

这两个人就是这样一会儿急着找出路，一会儿又开着玩笑，一会儿饿了，小兰说："该早预备些干粮。"一会儿渴了，金虎说："该把下边的大水饱喝一肚"；岔路发现了几十条，走得没了路就返回来；楼儿上了十几层，哪一层走不通就再下来；最后找到一条坡度不大、高低宽窄都很均匀的路，可是走有十多里也没有变化，终于把个电筒用得连个红印儿都没有了。小兰请金虎想照明的办法，金虎这人可真想得出办法来——他扔了空电筒把小兰的剩余衣服挑出一件最旧的来撕成条条，向小兰要了洋火来燃着布条走。

他们燃了两件衣服，总算把这条路走到头，不过不是走出外边，而是走得没了路——就连个细窟窿也没有了。

当他们走到尽头的地方，下了两三步坡，地势也宽了一点
儿，可惜只有那么个半圆形窝窝，虽然觉着有点风，可就
是找不出个窟窿来。金虎摸着了个圆石头，擦了一根火一
看说："这像是河滩的石头！"小兰说："难道上了那么多
的楼，又回到河滩去了？"金虎拿着最后剩下的一件半新
的衣服说："把这件也烧了吧！反正出不去也穿不成了！"
说着就又撕成条条燃着火研究情况。他见有好多大大小
小的圆石块夹着些沙土，上小下大，圆圆地堆了半间房大
那么一堆，好像半个大坟堆，就说："这上边一定是河滩！
这沙土和石头盖有多么厚不得知道，也许能刨透了！"小
兰说："也许还有窟窿！要不哪来这风吹得连火也不好
点！"金虎主张刨刨看，小兰在这时候自然也不会不同
意。他们都上到这半个坟堆顶上动手去搬石头。小兰摇起
来一颗石头说："怎么沙还会把石头粘住了？"金虎说："这
还粘得不算紧！我见过些粘得紧的，用锤也打不开！好在
还不是那个，要是碰上那个的话，就是再浅也不用打算刨
透了！"他们把上边能搬得动的放下来几颗，发现盖在头
上的石块中间有个尖东西，金虎摇了一摇，摇折了，对住
火头一看，是一段死了的树根。金虎一见就长了精神说：
"刨吧，快透了！"他下去拿上劈柴斧来，用斧刃把那靠
着树根的石头又撬落了两块，又露出一段树根来可以用
手握住。金虎握住树根又摇了几摇和小兰说："树根已经

灵泉洞

活动了！"不过他没有想到一摇动了树根，上边的沙土小石头就会往下落，只听得哗啦啦一声，上边塌出个露天窟窿来，一股带着灰尘的风，把小兰手里燃的布条火给震灭了。小兰喊："傻大哥！透天了！"可是没有听见金虎答话。她伸手摸了摸，见金虎的腿已经埋进沙土和石块里去，上半截虽说没有埋住，可是嘴里也吃满了土，急着唾也唾不出来。"啊呀！我的傻大哥！"小兰叫了一声，因为看不见情况，急得抱住金虎上下乱摸。金虎唾了几口，腾出嘴来说："快刨！""火哩？""在口袋里！"金虎的右手压在自己的身子下边，因为转不得身，伸不出来，剩了个左手去摸衣袋，衣袋也被埋住了。小兰摸不着火，只好摸着用手刨沙，金虎也用左手刨着，好在地势的坡度很大，刨了几下就把洋火刨出来。小兰又点着布条让金虎用左手拿住，她就先搬开碍事的石块赶紧刨，总算刨出来了。金虎试着往外拔了几次腿都没有用，直到刨完了，右腿还是动不得。他说："动不了了，我这条腿坏了！"小兰想了想说："这样吧，你抓住我的肩膀，我抱住你的腰，先试试站得起来站不起来！"金虎依着她的话试了试，可以站起来。金虎说："站起来有什么用？上边才有那么个小窟窿，还出不去人，也还不知道会不会再塌，坡又这么陡，怎么能出去呢？你还是先把我放下，咱们商量个办法再说！"小兰把他放下，又上下看了一会儿情况说："靠里这一边是连着山的石头顶，坡上这一边还是这碎石头和沙。我看再刨一刨就可以出去。现在我先把这下边的坡弄得好走一点儿，把你仍架到下边，等把这窟窿刨得大一点儿，再把你架出去。"金虎同意了她的做法，嘱咐她小心着刨，然后就让小兰把路弄好，把他架下去。小兰把金虎安放到一个石头滚下去砸不着的地方，然后刨出劈柴斧来，撬那小窟窿边的活石块，撬了几块，伸出头来一看，好像还在一个井底，不过这个井怪得很：最下层也有半亩地大，越往上越大，大约有两丈深；底上积了好多干树叶，好像还盖着一星半点没有消尽的雪，可是有些草芽偏会从这残雪里露出头来；周围的墙上也分不清是草是树，树枝子都向里伸着，有几枝长的从两边伸到中间碰了头，把仅仅能看到的一块天分成了几格子。小兰一见这样，觉着很有希望，扔了布条火，借着外边的光，用斧头把沙土石块往洞里扒，扒了不多几下，就平平地从洞口钻出来——井从底看来，洞口在一个侧面，和井底取个平。

小兰站起来，抓着墙上的树枝爬到井口边，看到外边很宽的天地，可惜她多日没有见过太阳，一见了太阳晃得她睁不开眼，只得又退下去。她回到洞里把这个胜利告诉了金虎，并且说她到外边睁不开眼不能活动。金虎说："咱们是早起动身走的。现在的太阳怎么就还没有落？也许咱们已经走了一天一夜，太阳又出来了？你没有看见是后晌

灵泉洞

啊还是早晨？""朝地下看了看就睁不开眼了，谁还敢朝天看？"金虎想了想说："这也很容易弄清楚：要是一阵比一阵明，就是早晨；要是一阵比一阵黑，就是后晌，一会儿你再去看看！"小兰问了问他的腿怎么样，他说："不动不太疼，一动就疼！现在且不说腿，肚里饿得要命，嘴里渴得要命。你不是说这井里也就有草芽吗？不论什么草，给咱们弄一点儿来吃吃！"小兰说："对！我也正想弄点什么吃，就是想不起来什么能吃。"小兰出到井底，拔了一根很尖的草芽，带起一块东西来像姜，尝了一尝，有点甜味，也有点药味，看看那块子，有大拇指头大，正中间长着一根芽，有一边似乎是折了的，又向原来的地方一挖，挖出一串来，都是那么大的块子连在一起，前两块上都带着一根秆儿，上边有些干叶子，像竹叶；后边的几块，秆儿已经没有了，不过都还有长秆子的地方，是个圆点儿。她又找了几个同样的秆子，往下一挖都一样，不过最前边那块长芽的还没有出土。她又想抓一点儿雪来吃，只是那雪太少，用手一抓就没有了。她把这像姜的东西拿回洞去，和金虎嚼了几块，似乎也能解一点儿饥渴。稍停了一下，看见窟窿上的光有点暗，金虎说："这还是后晌！你瞧！天黑下来了！"小兰说："我再到外边看看去！"她拿了劈柴斧又爬出洞来，果然看见天黑下来。她爬上了井口，见太阳已经落下，靠天的一边一片红，还有点晃眼。

她知道发红的这边一定是西，背过来朝东一看，见自己站的是个高处，眼前的斜坡下有几十亩地大一个水池，池边和前面的高处满长着树，除了松树是浓绿色以外，别的树似乎都才出芽，有的连芽也没有出。她先跑到池边喝了一肚子水，又想给金虎拿点水可是没有家具，就从一棵树上用斧砍断一块皮，剥下来卷成个尖底锥形的家具，用一只手捏着舀了些水拿回洞里去。金虎喝过了水，觉着好一点儿，就跟小兰说："这些草根，我想弄熟了总比生的好吃。你给咱们弄些柴来先烧着吃些好不好？"小兰说："这也不知道是个什么地方，天也黑了，咱们该住哪里呢？""我看今天夜里只好就住这里！""他们要是也追到这里来呢？""照他们那样走一步打三枪，再有一车子弹也打不到这里来！不怕！他们不会找得来！就是他们找得来，咱们听见打枪再动身还不晚！"小兰去弄了点柴，天就黑得看不见了。这两个人就住下来。

九

再说国民党县党部、三青团县团部、县政府……这些人初进了新洞，抓着老百姓给他们割草垫铺、砍树劈柴、挑土运石，埋锅安灶；那几个头头们又让把洞口拆大一些，让村公所摘下老百姓的门板给他们搭高铺，搬来老百

灵泉洞

姓的桌椅供他们打牌……看来都是要在这里住几辈子的，不过没有住够半个月，他们就自动搬出来了。他们所以搬出来，主要的原因有三：第一是日军的炮声不响了，第二是粮食吃完了，第三是几个头头们把带来的几包洋蜡点完了。他们向旅部借粮，旅部又向他们要粮，谁也没粮，就各自找老百姓要。灵泉沟老百姓，大部分早已吃的是树皮草根，哪有粮食供应他们？这些人比不得老百姓，有树皮草根他们也不会吃，饿了不几天就饿得各奔前程——有跑回家的，有投亲靠友的；和敌占区能联系的，就跑到敌占区当汉奸；有枪在手的，就散到山庄上抢人……剩下来的，连他们的头头也不过百把人，就搬到旧洞里来住——因为旧洞地势高一点儿、地方小一点儿，白天靠洞门外透进来的阳光，人们总还看得见活动。他们的给养，只能零零碎碎和旅部讨一点儿，讨一斗算一斗，讨一升算一升。

老百姓在野外住的地方，有好多连风雨也避不住，听说新洞腾出来了，有些老弱孤寡就搬到新洞里来住——年轻小伙子为了避免抓差，年轻妇女为了保护自己，在外边纵然顶着风雨，也不肯到这走不脱的地方来。有一天，铁拴为了打听金虎和小兰的下落，天快黑的时候，遛到新洞里来。他说老羊坎那地方不好住，来看看新洞里还有没有地方。住在新洞里的人们都好心好意地告他说地方倒有，只是年轻人来了有两种不方便，还没有谈到正经事上，村公所就来派差，说军队要到山外打游击，要民夫去抬担架，灵泉沟人都是被派差派怕了的，铁拴他们这些挂过蓝牌的户支的差更多，不过听说这些军队要去打日军还是个新鲜事。那个村警对他说："明天天明到田家湾集合，各自准备绳担！"铁拴说："可是没有吃的怎么办？""那我管不着！你自己想办法！还有个事要问你，跟你们搬到老羊坎的田永盛，他家的金虎到哪里去了？""我不知道！听他娘说，在搬到老羊坎的第二天，就被军队抓了差，直到现在没有回来！""尽是些套通了的鬼话！军队又不吃人，抓了差怎么会不回来？回去跟老永盛说：明天早上不打发金虎跟你们一齐去支差，就要当共产党办他！"铁拴说："话我能给你捎到，他能不能找着人，我可不能担保！""你们这些蓝牌户都是一路的神通！还有个找不着的？去吧！"铁拴没有打听着金虎和小兰，又受了一顿碰，摸着黑路回到老羊坎。他一到家，正碰上小胖去找他。小胖先问了问打听金虎和小兰的结果，然后告他说村公所来派差。铁拴说："我见着他们的人了。不过这回听见了个奇怪的事，说是军队要到山外去打游击。他们这些听见炮响就往山里跑的军队，怎么会去找着日本兵打仗呢？"小胖说："我想这一次还许是真要去打仗——山外的地方被他们丢光了，山里的粮食被他们抢光了，再要不向山外发展，他们吃什么呀？现在也许是饿醒了！""不论是什么

灵泉洞

原因吧，打日军总是好事！咱们和党失去联系虽然快一年了，可是还不会忘了党的话。党告诉咱们说应该支持他们抗日，反对他们反共。现在他们既然能主动去抗日了，我们就可以支持他们——也许他们打起日本来就能少花些时间来做坏事。"小胖说："要能那样自然是好事！我觉得希望不大，跟他们走着瞧吧！"这天夜里，他们就准备了第二天早上出发要吃的饭和拿的干粮。

前边说过，金虎家的粮就存在老羊圪附近，也没有被杂毛狼他们找到，只是搬到这里来的自己人很多，金虎娘又是个直心肠的人，差不多把自己的粮食公开了，还是铁拴、小胖、小兰娘、小秀娘（张得福老婆）这些人劝金虎娘留一点儿粮叫照顾金虎爹，才算留了一点儿。铁拴、小胖他们来的时候也带了一些山药蛋准备做种子用，所以每天虽说吃着树叶，还是把山药蛋留下了一点儿。这天夜里，因为要去支差，铁拴就把留作种子用的山药蛋煮了一锅，准备在出发之前每人吃一顿，把剩下的带上做干粮。金虎娘也把留着给金虎爹做病号饭的玉茭面送给他们半碗。叫他们做一顿糊糊汤喝。

第二天天不明，他们两个吃了饭就回到田家湾集合。要出发的部队，就是铁拴他们院里驻扎的一个排，这时候都正端着碗吃饭。他们吃的饭很奇怪，一半榆叶一半米，米没有碾细，总还有三分之一是谷子，大家都说伙夫不会做饭，顿顿吃生米，其实他们不懂得谷子要不碾成米，就是煮一天，吃起来也还是这样子。小胖看了看他们碗里吃的东西，向铁拴笑了笑，意思就是说："我猜对了吧！他们再不开到山外去，就连这饭也吃不了几顿了！"

铁拴想先把担架和自己的绳担捆在一起，可是在院子里找来找去，没有见担架在哪里，问了问别的去支差的人，别的人也没有找见。铁拴问一个兵，那个兵反问铁拴说："要担架干什么用？"奇怪！不要担架，要民夫干什么呀？铁拴见他们不把民夫当人看，也无心再问，只得和同来的十几个人蹲在一处听候分派。一会儿，那些兵吃完了饭，有一个兵指着东房阶台上一沓东西向民夫说："马上要出发了！大家都来领口袋！"原来那一叠东西是军用粮袋。铁拴低低地向小胖说："这哪里是打仗呀？"

不是打仗，而是"打给养"。"打给养"是他们驻在这一带的部队征发粮食时候通用的话，不过在各个时期、各种条件下的"打"法不同。例如，他们初来的时候，每到一个村庄，先捉住一个人要东要西，故意把人家逼跑了然后追着打枪——也不真打住人，只是虚张一下声势，把全村庄的老百姓都惊跑了，然后挨户搜索，搜着什么拿什么。要是他们驻在哪个村，那又是一种打法，先让村公所查各户欠的代购粮，估计哪一户还有点油水，就到哪家去要；主人要说没有，他们就搜，不过搜着别的东西可以不

灵泉洞

拿，要搜着粮食，就是一升半升也不肯留下，并且搜着少的就说可以证明还有多的，每天继续搜查，直到这一户吃的饭里再不见粮食为止。到敌占区去打给养，还是近几天来他们"创造"的新办法，前两天没有带民夫，这一次已经是第三次，"带民夫"也可以说是这种"创造"的"发展"，至于怎样打，看他们"打"一次也就知道了。

他们天明出发，该吃早饭的时候通过三水镇。有个兵和三水镇驻着的一个兵认识。三水镇那个兵和他打着招呼说："你们干什么去？""有任务！""都是一样'任务'，你们走在我们后边了！""你们到哪个村去了？""我也不知道！"排长听见了这话，就叫过三水镇那个兵去问。那个兵向他敬过礼，恭恭敬敬地回答他，可是答的话还是"不知道"。他们各个部分打给养是互相保密的。排长问了几句，见问不出道理来，就丢开了他往前进发。到了中午，迎头来了一些军队，他们以为是遇上了日军，排长下命令抄小路快跑，跑了不几步，才想到可能是三水镇的部队打给养回来了，回头一看，果然见有些兵担着口袋，这才又命令大家站住。一会儿，那些兵走近了，打过招呼，才知道对方打给养的地方，正是他们预定的目标。这个地方，离山里最近，离日军新开的公路最远，土地很好，是个产粮的地方，现在被三水镇的军队走在前边，他们很以为可惜。最好的地方既然去不成了，大家就要排长找个次好的地方。排长说："大家先休息一下，让我想想看！"

　　休息下了，有个民夫觉着有点饿，从小干粮袋里掰了一小块糠窝窝塞进嘴里。一个兵看见了说："来！借给我一点儿吃。"说着就伸手去掏口袋。那个民夫按住口袋说："糠！"才说了个"糠"字，把吃进嘴里的又喷出来，接着说："糠窝窝！一点儿粮食也没有！""糠的也行！""不不不！就这一点点！""不怕！前边有饭吃！"不等那个民夫答应，那个兵就把口袋夺过来，又有两三个兵抢着要，把个小口袋也撕破了。其他的兵看出巧来，一轰把所有的民夫围上，来抢每一个人的干粮。铁拴把他和小胖两个人共同拿的山药蛋口袋死按住不放，一边向排长喊："官长！官长！他们要把我们的干粮吃了，我们一会儿可不能担担子呀！"排长看了看说："你就借给他们吃了吧！一会儿到前边也有你们的饭！"一个兵捏住铁拴的胳膊夺着说："对啊！前边有你们的饭！你这人可真不开眼！"铁拴见挡不住，先挣脱出手来，把口袋打开抢了两个，把一个递给小胖，把口袋一丢让他们去抢，自己拿着一个吃起来。小胖悄悄跟铁拴说："没有想到先把咱们的'给养''打'了！"排长见铁拴他们的"给养"最好，预料那些兵都是各人离各人的嘴近，不会有人让给他一个，他也不肯放过机会，主动跑过来抢了一个。

　　"打"过了民夫的"给养"之后，排长又想出个"次

好"的地方来。这地方叫"交口",土地也不坏,户数少
一点儿,离日军的新公路近一点儿,离这休息的地方还有
二十多里,估计回来的时候要摸黑路,只是近处再找不出
好地方,也只好到交口去。一到交口,见一座大庙门外安
着两口大锅,锅里泡着一些才吃过饭的碗筷,有两个人正
在那里刷洗,灶下的柴灰还没有冷,烘的锅里的洗锅水还
冒着热气。排长嘟囔着说:"他妈的!这又是哪一部分先
来过了!"那两个刷锅碗的只顾忙着做活,把碗弄得哗啦
啦响,没有注意到来了人,等到听见很乱的脚步声压住了
碗响的声音,抬头一看,所有的人都已经到了跟前,躲也
没有法了,只得顶住脸打招呼。这两个刷锅碗的,一个是
二十多岁的青年小伙子,另一个是五十来岁的小老头。铁
拴见了这个小老头,觉得有点面熟,只是想不起来在哪里
见过;小老头见了铁拴,好像要打招呼,可是忽然又变了
主意,把脸扭向另一边去。排长向小老头说:"喂!你是
村里的什么人?""我是民夫!管做饭、洗锅碗的!""找
你们村长!""村长不在家!""谁在村公所主事?""村
公所早散了!""谁派你来做饭的?""村里人临时推出我
们来支应军队的!""那么你们自然就是负责人了!""不
是!村里人每天凑出一点儿粮食来,叫我们两个给过路的
军队做饭!""你听我讲!我们是国军!是来看望你们的!
看一看敌人来过之后你们有什么损失,村里有没有汉奸,

秩序怎么样。""谢谢官长！我们就是支应国军的。""你
们不要怕！还是找一找你们的负责人！"小老头想："前
几天日军来了，你们这些国军不知道上哪里去了；这几天
为什么又有这么多的国军？既然是国军，驻下来也算，我
们也可以只供应一头，像现在这样子，一天到晚不知道要
吃多少粮、拿多少粮！这怎么得了呀？"这话自然当面说
不得，只好变个法子说："官长！这里实在没有负责人！
今天收起来的粮食还有一点儿。官长们要吃饭，我马上烧
着火来给官长们做！""哪里有粮食？"小老头指着庙门
里竖着的半口袋米说："那口袋里就是米！水火都现成！
马上烧开锅就是饭！"说着就赶快把洗剩的几个碗刷了一
下往外捞。排长说："你且不要忙这个！让那个年轻人洗
家具，你还是先去找负责人！"排长看见那半口袋粮食不
能解决问题，才又催小老头去找负责人。这里的"负责
人"实在无法再找；国民党军队反共以后安插的那一整套
村组织，原封不动成了日军维持会的"负责人"，国民党
军队来了，他们既不敢反对又不敢支应，头头们躲在县城
里，让一些狗腿们在家给他们调查老百姓的行动。谁要向
国民党军队说出他们是汉奸，城里的伪县政府接到报告，
就会把谁捉去办罪。日军对这地方不像对县城附近那些老
占领区那样注意，半月之前到这里来，原不过为的是抢一
大批粮食和牲口，后来见国民党军队一退得那么远，这才

灵泉洞

又变了主意。这里有一座土煤窑，产的无烟煤比较好。抗日战争开始以前县城里烧的都是这里的煤^①；日军占了县城之后，这里有八路军游击队占着，后来又是国民党军队占着，城里才改用别处的煤。这一次，国民党军队又往山里退了五六十里，汉奸们都向日军献计叫修一条公路运煤。日军一来为了用好煤，二来为了向山区进军便当，就从了汉奸之计，修了一条运煤的公路。路虽然修好了，日军可没有剩余的兵力到这一带来驻扎，只是用两个押车的伪军押着一部大卡车每天到这里运两趟煤。因为是这样个情况，国民党军队才能到这里活动。这个洗锅碗的小老头，实际上就是老百姓选出来的一个应付混乱局面的负责人。他和铁拴在灵泉沟一样，是个没有公开职务的共产党员，国民党也曾在他的门上钉过蓝牌，因为他为人实在，不会浑水摸鱼，大家才选他干这份不太得劲的差使。那个青年也是个共产党员，是这小老头自选的帮手。排长一直催小老头去找负责人，小老头一边答应着，一边只是忙忙乱乱做活——把碗捞出来，把洗碗水舀了换上清水，取过柴来点着火，就又去擦碗。排长又催他说："叫你去找负责人，你为什么尽管磨时间？""好好好！我先给官长做成饭让官长吃着，我再想法子！"排长火了："想你妈的

──────────

① "县城里烧的都是这里的煤"，最初发表时作"县城里都烧的是这里的煤"。

什么法子？你这家伙为什么故意和国军作对？你是不是汉奸？"排长这样一发威，那个洗锅碗的青年小伙子再也忍不住了。他抢了一步走过来说："官长！我们不是汉奸！当汉奸的正是你要找的那些负责人！""是谁？""谁？你们的村长！你们的国民党书记！他们当了维持会的正副会长……""你这小子！目无官长，侮辱党国，不是汉奸才怪！给我捆起来！"两个兵过来，从铁拴他们的扁担上取下两条大麻绳，给这个青年上了五花大绑。

每当过路军队来的时候，这两个人支应着，别的群众也有好多站在远处观风。这个青年的父亲，远远地看到军队把他的孩子捆起来，就拼命跑过来掩护，别的人，热心一点儿、胆大一点儿的也都凑过来做开解，小老头也帮着求情，都说"年轻人不会说话，得罪了官长，官长不要和他计较"。排长向青年的父亲说："你是负责人吧？""不是！你捆的这个后生是我的孩子，求官长放开他！官长要什么我去给官长找！""要负责人！""实在没有个负责人！""没有负责人，这个摊子是谁支起来的？""这是我们老百姓商量着支了两口锅，攒了一点儿米，叫支应军队的。官长说我是负责人我就算负责人。官长要什么，说出来我跟大家商量去。"排长觉得找着路道了。他说："你们村里欠几万斤代购军粮没有送，我们来要！找得着负责人就找一个负责人来；找不着负责人缴出粮来也行！你们

灵泉洞

连个负责人也不给找，不是汉奸是什么？"那个被绑的青年说："人也没有，粮也没有！当汉奸的尽是你们保举的人！我们不会当汉奸！"青年的父亲和大家七嘴八舌都说："小孩子家不要多嘴！""官长不要理他！要什么都有我们！"……青年的父亲向小老头说："你快烧锅给官长做饭，我去和大家商量攒粮！"小老头又要求排长放那个青年，排长说："待一会儿！现在还不能放！"自然不把粮拿到手，他们是不会放的。排长见事情有了希望，就和那些兵到庙门里的戏台下边乘凉。

小老头又去烧火，铁拴也装作帮忙的样子凑到灶前边和他交谈。铁拴低声说："老叔！我好像在哪里见过你！"小老头没好气地扬着头说："见过！你是灵泉沟的！"铁拴又低声说："是！咱们在什么地方见①过面呀？""这我可记不得！你们现在算是抱住粗腿了！"又把声音放低了说："好事不干了，至少也该少干点坏事！没想到你们会跟着他们出来干这个来！"铁拴说："老叔你不要冤枉好人！我们十来个人都是被逼来当民夫的！我们带一点儿干粮也都被他们路上抢光了！"小老头又看了看十个民夫的神色，见大家都垂头丧气，不像是跟着土匪一样的队伍出来浑水摸鱼的人，气就稍微消了些，不过他还不敢和

———————

① "见"，最初发表时作"遇"。

154

铁拴说实话——原来他是一九三八年在共产党召集的一次
地方活动分子大会上听过铁拴的发言的，现成已经隔了
三年，党的活动又早已停止，所以不敢贸然相认。老百姓
攒粮食去了，军队休息去了，庙门口暂时安定下来。一会
儿，远远地听见隆隆的马达声响。铁拴向小老头低声说：
"听！哪里来的汽车响？是不是日军来了？"小老头这时
候已经觉着铁拴不是坏人，就低声告诉他说："不是！这
是日军的运煤车！"铁拴把声音更放低些说："你就说是
日军来了，不把他们吓跑了吗？"小老头比他的声音更低
了一点儿说："借日本人的势力吓人也不光明了！""这老
叔，这些土匪队伍难道比日本好多少？把他们吓跑了谁还
会去对日本人说借过他的势力？""不！不能叫群众觉着
日军更厉害些！"这时候，汽车来得更近了一点儿，有个
兵说："报告排长！有汽车响！""知道了！"排长好像也
听见了，说着就到庙门外来瞭望。小老头尽管不赞成借日
军的势力吓人，群众中可也有人想到了这个办法，只听得
有好几个人乱喊："快跑！""日军来了！""这边这边！""不
要顾东西！人跑了就算！"……有几个人故意抱着小孩、
挟着包袱从庙门口跑过。排长沉不住气了，下命令说："快
走！往北撤退！"有个兵端枪来对住那个被绑着的青年问
排长说："把这小子敲了吧？""不准打枪！快走！"他们
好像长了翅膀一样向北跑，民夫们死赶活赶也赶不上。小

灵泉洞

老头自然也得假意儿跑。铁拴拉了小胖一把，和小老头跑在一起。

　　小老头向东跑了几十步，刚刚跑出村外，见铁拴和小胖跟在后边。小老头有点怀疑，停住步，握紧了拳头说："你们追我干什么？"铁拴见他是误会了自己的意思，就离他几步远站住和他解释说："老叔你不要误会！我们不是追你！""不是追我为什么不向北去？""我们不愿和他们跑在一起！"小胖站在铁拴背后说："我们只有两个人，难道敢留在你们交口村干坏事吗？都是好好的老百姓，谁和谁有仇了？"小老头说："既然不是坏人，他们已经走了，你们随后回去吧！我还要先返回村里放人！"铁拴说："我们也可以返回你们村里歇歇。一来可以帮你放人，二来也可以给交口村人解释一下灵泉沟人不是跟着土匪部队来抢粮①的！"说罢，就和小胖两个人掉转头走在小老头之前往村里走。小老头见他们回村里去，也就放了心跟在他两个人后边又回到庙门口。这时候，被绑着的青年早被他父亲解开了，已经有几个人在一处打攒攒，一见铁拴和小胖两个人，有个青年说："把这两个人捉住！他们是跟着部队来抢粮的！"他们这一说，好几个人都过来拖铁拴和小胖，还是小老头给他两个做开解说："大家不要急！

---

① "粮"，最初发表时作"人"。

他们也是被抓了差来的！"铁拴趁势就把军队退入灵泉沟
以后群众住在什么地方、吃什么东西、村公所怎样派差、
打游击怎样不准备担架准备口袋，军队在半路上怎样抢吃
民夫的干粮说了一遍，说得大家都替灵泉沟人落泪。他把
情况叙述完了之后，接着说："我们两个人留在后边，就
是想给大家解释一下我们不是跟着军队来抢粮的。现在解
释完了，我们就要走了！"小老头说："等一等，你们一
定都很饿了吧？等一下让我回去给你们找点什么吃的！"
又问大家说："做饭也太误事！谁家晌午要有剩的饭，请
给他们两位端一点儿来吃！"铁拴说："不打扰你们吧！
这些年头，一天半天不吃东西是平常事！"小老头又向刚
解开绑的那个青年说："你陪他们两位坐一会儿，我去拿
点东西去！"说罢就走了。这小老头本想把铁拴他们请到
家吃顿饭，可是不了解铁拴这人近几年有没有变化，怕
万一靠不住了让他摸着自己的住处发生什么事故；就那样
让他饿着肚子走，作为一个同志来说，没有那个道理，想
来想去，终于想出给他们拿出些饭来吃，既不让同志饿肚
子，又不让他知道自己的底细。他回去把他准备叫躲避日
军用的干粮——半斤重的黄蒸——拿了四个，又用小锅把
晌午剩的汤拿了一锅，拿到庙门口来。先前喊叫让大家捉
铁拴和小胖的那个青年也端来了一碗小米干饭，又有人送
来了一碗两和面汤面。小老头把大灶火里的柴火抽出来，

灵泉洞

用三个砖支起锅来给他们热汤，看[①]他们拿得饭来，就把汤倒出去一些，把两碗饭加进去煮在一起，并且把黄蒸交给铁拴说："你们把饭吃了，把黄蒸拿上到路上吃！"铁拴说："谢谢你！我们吃一顿就行了。"

这时候，别的人都已经散去，只有小老头和那个被绑过的青年陪着他们。小老头一边烧着火一边问铁拴说："你们回去还得住到那石坎里吗？"铁拴看了看小胖说："你怎么样？我是不回灵泉沟去了！"小胖说："咱们的家怎么办？""怎么办？回去不过是多两个支差的？帮不了家，也把咱们贴里边了！"小胖想了想说："我也不回去了！"小老头问他们说："你们不回家该到哪里去呢？"铁拴还没有想到适当的答话，小胖就马上回答说："我们有我们的去处！"铁拴翻了他一眼，埋怨他的嘴不该那样快。小老头把他们前后的话接起来一想，已经明白了他们的意思。这时候，小老头已经对他们一点儿也不怀疑了，就跟铁拴低声说："我认识你！你是李铁拴同志！到了那边，请上级赶紧对咱们这地方想办法！你就说，再迟了这地方的人就都不能活了！"铁拴说："一定！我要去也是这意思！请问老同志你是谁？"小老头说："我告诉你说也没有什么用处！等把这地方收复了咱们自然还见得着！"

---

① "看"，最初发表则作"见"。

他们的话就谈到这里。小老头又回去给他们装了一背搭干粮，等他们吃过饭，就打发他们上了路。

十

铁拴和小胖两个人钻了两天山，偷偷过了日军的封锁线，就到了有八路军的老解放区。

他们走近了封锁线以北的第一个村庄，也和金虎在那大黑洞里找着了窟窿一样，两颗好像悬在空中的心都落实了。这地方虽然也是山区，又比灵泉沟偏北，气候可比灵泉沟暖一点儿，村庄附近向阳的地方，还可以种几块麦子，不过麦期熟很晚——要到夏至以后才能收割。他们到这里的时候，正是小满初过，村外的麦子刚扬过花，麦穗儿随风翻着波浪；秋田里的谷子和春玉米，刚刚出土，早一点儿的可以看见顺垄青。铁拴和小胖说："你看人家这里的光景，秋是秋，夏是夏，哪像咱们那里直到现在人上不了地？"他们走到村边，早看见墙上写着的"拥护共产党、拥护八路军""快收、快打、快藏，不让敌人破坏生产"……一些鲜明的标语，村口上站着两个十三四岁的小孩向 ① 他们要条。铁拴说："我们是从南边来找八路军的，

---

① "向"，最初发表时作"和"。

灵泉洞

没有路条！"正在附近地里补苗的一个青年小伙子，听见他说是从南边来的，就拿着铁锹过来问话；正在打麦场上收拾场子的几个人也凑过来——这几个人都是民兵，负有帮助儿童团盘查行人的责任。铁拴和小胖见了他们，想到了前二年自己也都是这样子的人物，便老老实实和他们说南边待不下去，要到这里来参加八路军。盘查的人们见他们两个的神色气派都是老老实实的庄稼人，觉着不会有问题，不过他们既然没有什么证明，也不便告他说哪些地方都有八路军。那个补苗的人向他们说："你们跟我来吧！"他们两个跟着这人到了村公所，先让他们喝水，然后去把民兵指导员找来。指导员先盘查了他们的来历，接着便和他们说："凡是从南边来的人，都得先到武工队上把来历说明，让他们统一安排。现在我给你写个介绍信，派两个同志送你们到那里去！"说罢就给他们写了个介绍信。铁拴他们见信后边的名字上边有民兵指导员的职务，知道他就是共产党的村支书，更觉放了心，就同着两个民兵到另外一个村子里找武工队去。

"武工队"的全名是"武装工作队"，属专区领导，常在老解放区的边缘活动，任务是打击敌占区的汉奸势力，保护边缘区的抗日政权。他们通常的工作是向敌人碉堡上的伪军喊话，惩办危害过抗日人员的汉奸，警告一般汉奸叫他们少做坏事。

　　铁拴他们来的这一天，正是武工队准备教训一批汉
奸的时候。武工队近几天来，从敌占区捉来了三十多个维
持会长和向敌人献过殷勤的小汉奸，准备在这天晌午开始
给他们上第一课。那两个民兵，把铁拴和小胖送到，把介
绍信给了一个武工队员，队员就去把队长找来。队长问明
他们是从灵泉沟来的，就很客气地让他们坐下，然后向队
员说："到招待室去请火光报社记者鲁丁同志！"那个队
员去了。队长问："你们认识鲁丁同志吧？他也是你们灵
泉沟人。"铁拴和小胖听了都一愣。小胖说："不认识！灵
泉沟没有这么个人！"队长对他们有点怀疑了。"你们是
灵泉沟的吗？""是！""为什么本村人不认识本村人？这
是战争时期！说话可要老实！"铁拴说："我们前二年也
是跟着八路军做过抗日工作的，自然不会哄自己人。不过
你说那位'鲁'什么同志我们确实认不得！我们灵泉沟就
没有姓'鲁'的！"队长见他们说话都非常自然，丝毫不
像哄人的样子，想到可能另外有个灵泉沟，就打开随身带
着的背包来查地图。

　　就在这时候，从门外走进一个青年人来，穿着一身很
整齐的干部制服，蹬着一双缴获敌人的爬山用的皮鞋，挂
着个缴获敌人的皮包，精神饱满地跨进门来。铁拴和小胖
怎么也想不到会碰上这样一个熟人，一齐站起来喊："银
虎？"银虎也奇怪地问："咦？你们怎么也来了？"队长向

灵泉洞

铁拴他们说:"这不是熟人吗?怎么还想不起来?"小胖说:"要说'银虎'不早就想起来了吗?"又向银虎说:"到了咱们自己的地方,怎么还要改名换姓的?"银虎找不着什么改名的理由。队长笑着向银虎说:"鲁丁同志!好改名换姓也是你们文化人一个毛病!我刚才没有想到,还以为另外有个灵泉沟哩!既然是熟人,你们先谈谈吧!我得先去布置开课的事!"说罢,便别了他们走出去。

银虎要铁拴他们谈谈家乡的情况,小胖说:"家乡的事,说来话长。你先给我们说一说你是怎样逃出来的好不好?"银虎说:"可以!不过这事情说起来也不短:他们把我捉到三水镇,和好多同志都被送到从前开过盐店的那个大院里,门外用两个兵站着岗。到了吃晚饭的时候,从门外走过他们一伙便衣队,每个人的胳膊上都缠了一条白布条子,有的拿着些绳子,有的拿着短枪,看样子又是到哪里去捉人。两个站岗的兵,见他们走过来了,都只顾面对着他们看,我就看出了一个紧急的空子来——我把我穿的学生制服里的白领子摘下来拴在我的胳膊上,从一个站岗兵的背后钻过去挤进这个便衣队里,随着他们匆匆忙忙往前跑。我觉着走得了就算走了,走不了被他们抓回去也不过还是走不了,总要比死等在那里听他们摆弄多一个逃走的机会。我这一撞撞对了。他们没有发现我是半路加进去的。跟着他们跑出了三水镇,向西北的山区进发,我才发现他们走的路，正是要到我们和县委书记约定的集合地点去的。这时候，我再不敢迟延，赶紧趁着一段有树林的地方避开他们往集合地点去报信。我一个人自然要比他们一伙人跑得快，跑到集合地点，回头还看不到他们的影子。我把这紧急情况告诉了县委书记，县委书记马上打发大家先走，自己留在那里等几个还没有赶到的同志。又停了一会儿，那几个还没有来——可能也是出了事——那个便衣队就快赶到了。县委书记怕自己撤走之后，那几个没有来的同志随后赶来不了解情况被人家捉住，不等便衣队走近就先打出一发子弹去，然后马上离开原地。对方对准了发火的地方还了好几枪。静静的夜里在静静的山里打枪，十几里以内都听得见。预料没有赶来的同志们听着枪声、看见火光就不会再往这里赶，县委书记才放心退出来赶上我们。那些便衣队来势很凶、其实很松，见我们这边也有枪，就不敢那样大胆前进；我们可就大胆赶路了。我就是这样冒碰了一下碰出来的。"银虎把他的逃跑经过简单说了一遍之后，就向①铁拴打听家里的情况。铁拴也给他谈起家乡的变化，才谈到小兰和金虎不知下落，一个武工队员就跑来喊："鲁丁同志！开会了！"银虎向铁拴和小胖说："今天要给新抓来的一批汉奸上第一课！这个会很有意思！

---

① "就向"，最初发表时作"就反向"。

你们也可以看看去！""可以看吗？""可以！公开的！"

　　这个会场很别致：村外的一段没有水的小土沟岸上长着一棵大柿树，柿树下放着一张方桌和几条板凳，长板凳上坐满了干部，有个干部早已站在桌后边讲话。在桌前边地上坐着的就是从敌占区捉来那三十来个人，其中有七八个被绑着手，每个人旁边都有带枪的队员陪同他们坐着。他们的周围又坐着一层队员，外边才是看稀罕的观众。银虎把铁拴和小胖领到会场，让他们挤在观众中看，自己挤到方桌边。坐在桌旁板凳上的干部们见他走来，又往紧处挤了挤给他腾出一段板凳和可以铺开笔记簿做记录的一块桌面。银虎坐下来，从大皮包里取出记录簿。

　　正在讲话的是专署的敌工科长。这次会是他的主席。两旁板凳上坐着的是县、专两级的行政和司法干部——没有一个是武工队的干部，因为武工队干部常要领着队到敌占区活动，不便让他们认识。敌工科长只简单宣布了开会的意义。铁拴他们没有赶上从头听，只听得科长末了的话："……今天就让大家了解一下'汉奸做了些什么事'，'我们要怎样对待汉奸'！现在先点一下他们的名字！"专署司法科一位同志取了一个汉奸名单逐一点儿了一遍，各个汉奸也都应了声。主席说："请专员讲话！"专员站起来走到主席刚才站着的地方，主席坐到专员刚才坐的那个位置上。

专员接过那个汉奸名单来叫第一名："傅治家！"
"有！""站起来！"坐在前排被绑着手的一个深眼窝留着
几根黄胡须的家伙站起来。专员向旁边坐着的司法科长
说："把他的罪行①向大家谈谈！"司法科长从一沓卷宗里
找出他的案卷来向大家说："他的历史太长了，现在只能
简单说一下：他是十五里铺的一户地主，抗战以前当过几
任村长，又是县里的防共委员。一九三八年敌人占领县城
以后他就出头维持敌人。前后有三次引着警备队包围过
我军的工作人员，有一次捕去我们两位工作同志后来被敌
人杀害了，并且连累了当地两户居民。敌人看中他的害人
本领，叫伪县政府把他接到城里去住。他给敌人献计叫把
十五里铺一带的树林全都砍伐光，给我们到那里活动的
人造成困难。最近敌人又不知封了他个什么官，每天骑着
马带着十来个警备队员到处转，常常威吓老百姓说：'有
我傅治家在，就不许本县有一个共产党人！你们谁要窝
藏了共产党、八路军，我报告了皇军就要杀你们个鸡犬不
留！'前天我们武工队把他从县城里捉回来……"专员
说："下面的用不着讲了！"又向那个傅治家说："你可以
算得个死心塌地的老牌汉奸！你是东条②的亲生子吧？要
不然怎么对抗日的人这样仇恨呢？你知道不知道杀人要

---

① "罪行"，最初发表时作"奸行"。
② 东条，指东条英机，日本军阀，第二次世界大战的甲级战犯。

灵泉洞

偿命？你以为把树林砍光了，我们就不会到那里去了吗？
你以为住到县城里凭日伪军保护着就十分保险了吗？想
错了！你既然做了坏事，就是钻到老鼠窟窿里，我们也会
把你挖出来！作恶已经作到头了！再不能让你那样无法
无天了！"说到这里，就转向在他身边的队员说："拉出
去！"在他旁边坐着的一个武工队员站起来和在场外进去
的一个队员两个人把他拖往预先准备好的地方去。专员又
叫名单上的第二名，那个被叫的人颤颤抖抖地站起来，专
员又叫司法科长宣布他的罪行。司法科长才翻开他的案
卷，就听得"叭"的一声枪响，枪毙了傅治家，吓得才站
起来那个人腿一软又倒下去，在他旁边那个队员站起来又
把他拖起。别的汉奸听了这一声枪响，也都不约而同地打
了个寒战。群众听到枪声，也有一部分跑去看的。这种处
理形式，既不像审讯，又不像宣判，只是指出名来，宣布
一下罪状，斥责一番，然后就拖去枪毙，实在是他们想不
到的。就是这样一连枪毙了三个，吓得那些名字靠近前边
的汉奸们现出种种怪象，我们不必花时间去细说他们。

　　当专员第四次拿起那张名单，那个第四名觉着自己
的时辰已到，不住地向周围张望着，好像想找个人交代什
么后事一样。可是专员这一次改变了办法。专员没有再往
下念名字，只说："以下这些人，严格点说，都够枪毙的
资格，不过比起以上那三个来，还不像那样把敌人当成他

的亲爹，钻头觅缝每天起来主动地去害人，我们觉得可以宽大处理，因此他们的罪状就不都在这里公布了！"又用手指向着其余的汉奸们头顶上的空中一划说："你们的罪状，回头叫别人念给你们自己听！这个宽大不是无边的！宽大也不是不问罪，是给你们留个立功赎罪的机会！现在的案卷上写的是你们的罪行，将来你们谁立了功，就把你们的功也写上去，等到立下的功可以赎罪就宣布你们无罪，功大了还可以得到另外的奖励，再有了罪行就罪上加罪，到了一定的期限就再来这么一次处理。至于限期多长，怎样立功，准备花三天时间请教员给你们上上课。今天只能算是个开课典礼！"专员讲完了话，敌工科长宣布了一些开课的安排，就散了会。

散会之后，铁拴他们又请银虎找着了队长说明来意。队长说可以把他们的意见转给上级，只是说马上要八路军去打蒋军还不能向上级提——因为要顾全大局，还不能和他们分裂。

铁拴问到他们两个人自己本身该往哪里去，队长说："我这里正需要从南边来的可靠的人。你们要愿意参加工作的话，就可以参加武工队。"他们两个同意了，就留在武工队里。

十一

这里我们再回头来谈谈金虎和小兰。金虎被轧了一下以后，右胯骨有点脱臼，躲在洞口的石头地上，一夜被冷风吹得直疼，稍一翻身就疼醒了。小兰又摸到洞外，趁着月光摸了些柴来给他烧火让他烤着。将就到天明，小兰又平了平路，招呼着金虎爬到洞外的井底上。这一爬，在两堆圆石头中间卡住了金虎那条带伤的腿，小兰不知道，在前边猛一拉，疼得金虎叫了一声。小兰松开手，擦了根洋火看了看情况，然后才调顺了方向又拉着金虎走，可没有想到这一下除没有坏了事，反把脱臼的地方给纠正过来——金虎的这条伤腿能动了。

俗话说"筋骨疼痛一百天"，伤了骨头不是短时期能完全好了的。金虎又在井底住了几天，等到把那条伤腿养得能做一点儿主，才爬上井口和小兰两个人又找了个可以存身的石坎住下来，仍然吃着那像姜的东西充饥。那东西原来是一味中国的补药，名叫"黄精"，相传吃得久了可以成仙。他们两个人虽说没有成仙，可是也都养得精神饱满，不到一个月，金虎的腿已经能对付走路了。不过他们不知道这个药名，就把它叫成"山姜"。

这地方是个大山顶，百里之内找不到一个人。小兰也曾在这丛林中钻来钻去想找一找自己的家在哪个方向，只是一点儿标志也找不着；后来金虎能活动了，拄着一根树枝遛了几天，也看不明白是什么地方。灵泉沟的新洞，在一条深沟的北岸，不可能钻到南边；北、西、东三边比较起来，西边最低，越往西越平，金虎到过那里，又可以断定不是西边；至于北边和东边，山太高、路太远，一般青年人没有特殊事情是走不到的，他们两个都没有来过，不知道究竟是北还是东。

有一天，小兰搀扶着金虎到一处林下去刨黄精，无意中发现了一丛才出土的山药蛋[①]苗，刨了一刨，下边有拳头大一个山药蛋，大的周围，像指头肚大小的小山药蛋就有三四十个，也都长出来一些小芽，芽尖才发红，还没有完全露头。金虎说："这地方怎么会有山药蛋？"小兰说："也许就有野山药蛋！""再找找看！""那不是一棵？""那又是一棵！两棵两株！不不不！那个、那个……多得很！"他们越找越多，不过大的很少。他们发现了这种吃不尽的宝物，自然觉得生活改善了许多，只是这东西已经发了芽，再过几天，苗一出土，下边的山药蛋就要烂。他们决定多刨一些存到石坎里。

不妙的是他们的两盒洋火已经用完，只有在柴灰里

---

① "山药蛋"后，最初发表时有夹注"马铃薯"。

灵泉洞

保存得一点儿火种，万一熄了就再烧不着火。他们都很为这事担忧，总想发现个邻居，可惜发现不了。有一天小兰搀着金虎爬上了南边的山峰，看见石崖下有一个地方冒烟。小兰指着烟说："好了！咱们找到邻家了！"金虎一看也很高兴，可惜崖太高下不去。这地方，从北往南是一道斜坡往上爬，可是一到峰头上，南边是五六丈高的齐崖，像一刀劈下去的样子，而且有好几里长的地方都一样。崖下边自然还是山顶，不过比北边低一点儿，再往南也是平的，总还有里把宽才慢慢低下去。在那平的地方，中间有一道沟，烟就是从那沟里冒出来的。金虎看了一阵说："看来这一带没有路，总得转到东西两头才下得去。峰顶上有好多缺口，走不通。小兰又把金虎搀下来先往西转，可是西边的地势低下去，山峰突出来，不只那边下不去，这边也下不去①；又转到东头，爬上顶去一看，两个人都吓了一跳——南边的平顶越往东越窄，到这里已经过了平处的尽头，成了几十丈的高崖，下边是长满树林的深谷，一不小心掉下去，不等落到底，上边就看不清了。转了大半天，路也没有找着，金虎的腿就又大疼起来。

第二天，金虎没有出来。小兰一个人爬到山峰上去看，仍见那个地方冒烟；又来往跑了几趟仍找不着路。她

---

① "这边也下不去"，最初发表时作"这边也上不去"。

要站在山峰上喊，冒烟那地方是可以听见的，可是她不了解是什么人，也不敢随便喊。后来他们一连找了好几天路，只是找不着。这一带，像他们出洞时候遇上的那种井一样的土窝窝，大的、小的、深的、浅的总有一百多个。有一天晌午，他们从一个没有长着草木的土窝窝旁边走过，听见里边有人咳嗽。小兰拉了拉金虎退了一步说："有人！""咱们不是找人吗？""谁知道是什么人？""可惜没有拿着咱们的劈柴斧！"这一片地方，地势比他们住的那边高一点儿，没有树林，草也很稀，除了那个土窝窝，没有个藏身的地方，碰上好人自然是好事，可是碰上坏人就有些不便。他们站了一下，金虎想出个主意说："咱们每人拿上一颗石头去跟前看看，要是好人，咱就和他谈话；要是村公所那些人，咱就两石头闷死他！"小兰同意了，两个人各自选了一块很得劲的石头攥在手里，走到土窝窝边来会客人。只见一个人，穿着土色的衣裤，上衣破了，露出黑油油的肩膀，一看就知道是常常顶着太阳做活的庄稼人。这人用一个镢头在墙上掘土，旁边放着一担筐子，看样子是准备叫挑土用的。因为墙上的土很干燥，往下一挖，尘土直往上飞，吸到鼻孔里就会引起咳嗽。下边的人掘一阵就要咳嗽几声；尘土飞到金虎鼻孔里，金虎也咳嗽起来。下边的人听见上边咳嗽，就停住手往上看，正和小兰的眼光碰在一处。小兰喊："枣树院伯伯！"下边的人是个老头，眼有点花，一时看不清是谁，正要问，忽然看见金虎，就喊："金虎！你怎么在这里呀？那一个是谁呀？"他们两个见是自己人，就都把手里的石头丢了。这人名叫李洪，就是小胖他爹。小兰说："我是小兰！""小兰？这半年你在哪里来？吃了苦了吧？看那脸上连一点儿血色也没有！"金虎说："这几天还算好得多了！前几天的脸上就跟白纸糊的一样！"……

老李洪见了这两个早已丢了的青年，连土也不挖了，爬上来和他们谈话。他说："家里都说你们两个人恐怕都不在世了，没想到今天会碰见你们！"金虎说："我们很想回去看看，一来我的腿压伤了，二来找不着灵泉沟在哪一边……"老李洪说："暂且不要回去了！你们家里的人都还好。且到我家里住吧！我家搬到这里来了。"金虎和小兰一齐问他住在哪里，老李洪说："就住在这南边石崖下不远的一条小沟里！"小兰说："我们看见那里冒烟，只是找了几天也找不着路！"老李洪说："这路你们找一年也不会找着！全世界只有我和张得福知道！""你们怎么知道的？""说起来话长，"老李洪从腰里取出旱烟袋和火镰来打着火吸着烟接着说："二十多年前，我给三水镇一家地主放羊，张得福那时候才十几岁，跟着我学放羊。有一次，有些羊跳到这么个土窝窝里吃草，就丢了两只。又过了两天，我们在山头上看见那两只羊在南边崖下跑，可是找来找去没有路，下不去。后来我们觉着那两只羊也许不是我们的，我们又到丢了羊那个窝窝里去找，见那窝窝里有个石洞；点着火一看，见洞里有羊粪，就钻进去，想不到就那样平平地从南边的崖下走出去。那时候，邻近各县的羊，一到夏天，差不多都到这山上来放，放羊的人都带了粮食来碰伙做饭；这几年因为战争，才没有人来……这些古话说起来没有完！咱们走吧！我带你们到那边去！等我下去担上土！"金虎说："我给你担！"小兰说："我担去！你连你自己①还顾不住哩！"小兰说着就下去了。金虎问老李洪说："难道那边连土也没有吗？"老李洪说："不是！这土是碱土，能熬出盐来！""你怎么知道？""羊好啃吃它！""这里离灵泉沟有多远？""远得很！一天还走不到！""没有那么远吧？""你们走了多长时间？""我们走的是另一条路②。""我不信！这地方叫阎王脑，从灵泉沟来没有第二条路！谁来也得转到西北，钻完了大沟再往南返！""不！我们走那一条路，也是全世界上只有我和小兰知道！""再没有能上来的地方！再一条路就是从灵泉沟往东下了山，再从东边上来，不过那样走至少得三天多！""不是！我们也不知道是从哪一边来的。灵泉沟在哪个方向，直到现在我们也不知

①"自己"，最初发表时缺。
②"是另一条路"，最初发表时作"另是一条路"。

道。我们也是从石头里钻上来的！""石头里怎么能钻上来？""说起来一天也说不完！你没有听说灵泉洞后边还有个新洞吧？""听说过！他们那个土匪县政府还在里边住过哩！""对！我们就是从那里来的！"接着他就从小兰走出来说起，才说到小兰入洞，小胖爹打断他的话说："你怎么知道那里有个洞？"这一下把金虎难住了。他和铁拴放走张得福的事，铁拴吩咐他不准向任何人说起。他正想编一个说法，小兰就把窝窝里的土挑上来。小兰快上到口上的时候，有一两步太陡的地方蹬不住，就喊着："傻大哥！快来拉我一把！"金虎一听，就趁着去拉小兰，老李洪说："我来！你的腿还不能吃大劲！"说着就抢到金虎前边去把小兰拉上来。金虎见小兰上来了，急着要到南边看看，就催着老李洪说："老叔！咱们先到那边去吧！"

　　小兰挑着土，三个人相跟着，金虎和小兰请李洪老汉谈着家乡变化情况，穿过一段树林，经过了好多土窝窝，走到一个也有小树林护着的土窝窝边，老李洪说："路就在这里边！"小兰问："为什么有这么多的土窝窝？"老李洪说："相传说这是'毒龙窝'，有三百六十个，都是大毒蛇住的地方。不过据我知道，这山顶上根本没有蛇，直到东边下山的地方才有蛇！"金虎说："依我看这都是水泡下去的！我们也是从这个窝窝里钻出来的，说不定每一个窝窝下边都有石洞！"李洪老汉领头，抓着树枝走下

去，南边墙上密密的树枝下边露出洞口，比金虎他们走出
来的那个口大得多，人不用弯腰就可以走进去。老李洪也
和金虎一样，早就在洞口里预备下点火的东西，不过不是
松柴而是黄萝棒。他们走进去，只转了两个弯，一把黄萝
棒还没有点完，南边就露了明。这时候，忽然听得好多种
鸟叫，其中有一种特别好听。小兰问这是什么鸟，老李洪
说："我也不知道名字，是一种黑色的小鸟，不太怕人捉，
有时候还会落到羊背上叫，不过你真要捉可也不容易捉
住。"他们说话间就走出洞口。这边的树已经长满了绿叶，
地上的草叶也已经长得护住了地皮。金虎说："这边要比
那边暖得多！"李洪老汉说："对！我们从前找着这条路
以后，在那边的草还没有长起来的时候，常把羊从这洞里
赶过这边来放，别的放羊的在山头上看见了，干着急找不
着路，喊着问我们，我们只说是从山前边上来的——其实
山前边根本上不来。"

　　紧靠着洞口崖根就是树林。这边的林也与北边不同；
北边是松柏树多，这里是青梗树多。老李洪给他们介绍
说："这树叫青梗树，也叫槲树，又叫棕树，有一种大叶
子的可以放柞蚕，小叶子的结的果子干了落下来，外边
的壳子①叫橡碗，可以染黑布；老树下边能长木耳；木头

---

① "壳子"，最初发表时作"谷子"。

硬得很，咱们常用的那青梗木镢把子，就是用这些小树做的。"这老汉虽然介绍得很详细，两个青年并不怎么注意听，等他说完，小兰却另提出个问题说："那个子儿能吃吗？"老汉说："这可没有吃过。""给我们找一个看看好不好？"老汉在周围看了一看说："这都不是结子的树！等碰上了我告你！"正走着，前边有一片土薄的地方，树也稀了、也小了，露出一块草坪，有一群石鸡在草里跑着咯啦咯啦乱叫。李洪老汉说："停一下！我打个石鸡！"说着顺手拣起一块小石头，金虎也拣起一块。老汉说："你可不要打！一打准跑！"可是没有等他说完，金虎的石头已经抛出去，果然没有打住，不过因为他的腰腿还不得劲，扔出去的石头无力，只惊得飞起两三只来，飞了几步又落下去。李洪老汉说："我说什么来？这回还算好，它们没有看见人，要不早飞光了！"老汉斜了斜腰，对准一个石鸡把石头抛出去，只打得那只石鸡怪叫一声，拍着翅子跳了几步就不动了，其余的咯啦咯啦叫着一齐飞起，不知道飞到什么地方去了。李洪老汉跑到那只被打住的鸡跟前，用烟口袋上吊着的鱼刀先把鸡血放了。小兰说："老伯！你这手可真准！"老汉笑着说："抡了半辈子石头了还不该准？这地方的石鸡真多，一天能打好几只！我们这几天就吃这个！"他们继续往前走，穿过了这块草坪，又走进树林里。金虎拾起有墨水瓶盖那么大个东西来，见外边长着毛，里边光光的，问老李洪说："这是什么？"
李洪说："那就是我说的能染黑布的橡碗！" "怎么没有
子？" "这东西一成熟了就裂开了！子掉在别处！"老汉
在地上找到一颗子，拾起来递给金虎说："这就是子！"
金虎接过来塞进嘴里去一咬说："怎么这么硬？" "傻孩子！
这东西跟木头一样，怎么咬得动？" "也许能磨面吃！" "也
许！不过到这里用不着吃这个！这里能吃的东西可多哩：
有黄精、菜姜、甘蒌、野百合、山葱、山韭、木耳、石鸡、
锦鸡、鱼……"没有等老汉数完了，小兰先笑起来。小兰
说："老伯伯摆起酒席来了！"老汉也笑着说："笑什么？
要摆酒席真摆得起来！立秋以后还有松蕈、蘑菇、猴头
哩！"小兰说："算了！这就够好吃的了！"他们说说笑笑，
已经走到下坡的地方，下了不多远就到了沟心。沟心流着
一股小水，也把平平的石板上冲成了像茶杯粗细那样个濠
濠，从上水往下水坡度也很大。他们又顺着水往下走了一
段，走到个平处，靠西边有个水潭，似乎还没有灵泉沟新
洞里那一池水大，不过靠墙的地方，水可深得看不见底，
里边的鱼很稠密，大约都不过一尺来长，都是红脊梁，一
见人来都游到深水处去。李洪老汉说："你看这鱼多不多？
从这往下，有这么几十个水潭，都有鱼！"小兰说："这
要用石头打，我也打得住！"李洪老汉说："你？我也打
不住！想吃鱼得钓！石头可不能打鱼！"过了水潭又要下

灵泉洞

坡，李洪老汉说："不要下了！我们就住在这崖上！"他先赶到头里引路，顺着左边的山崖①，平平地走过去。他们才走了一二十步，金虎到崖边一看，离沟底已经有两丈多高了，再往前的沟还要低得多。金虎说："前边那沟好像比灵泉沟还要低了！我们来的时候，好像也没有上过这么高的坡！"李洪老汉说："这和灵泉沟根本挨不着！灵泉沟的水是往南走了，这里的水出去就转向东边了。""从这道沟往下走，还出不了山吗？""不行！沟里还有几丈高的高崖，水流得下去，人跳不下去！""我们在那边山顶上怎么没有看见这条深沟？""你们看见冒烟的地方就是这里，因为沟太窄，从那边山顶上看，只不过是一块平地中间有个黑道道。"正说着，就见前边的石坎里冒出烟来。李洪老汉说："前边冒烟的地方就是我们家了！"金虎问："那里也有洞吗？""没有！这边是沙石山，连一个洞也没有！我们就住在石坎里，跟在老羊坎差不多！"

他们还没有走进石坎，就见张得福的女儿小秀抱着铁拴的小孩子走出来。金虎问小秀说："怎么你们两个也在这里？"李洪老汉说："他们也搬来了！"小秀见了小兰自然也很惊奇，免不了问长问短；金虎和小兰没头没尾答应着走进了石坎。小胖娘见了这两位青年，又悲又喜——

---

① "山崖"，最初发表时作"山迪"。

喜的是老邻居的儿女失而复得，悲的是自己的小胖去向不明。大家坐定之后，老李洪问小秀："你娘哩？"小秀指着铁拴的孩子说："我娘和他娘拔菜去了！"小胖娘说："小胖媳妇也去了！"小兰和金虎一齐问："我们的家怎么没有搬来？"李洪老汉说："你们两个人的娘，不知道为什么舍不了灵泉沟那个饿死人的地方，说死说活不肯往外走！"又向金虎说："偏说你爹不能动，只要你娘愿意出来，我和你娘抬也能把你爹抬上山来！"金虎说："是呀！况且也不用你们两个人抬，还有铁拴哥和小胖哩！""唉！不用提他们两个了！""怎么了？""他们去支了一趟差，就支得没有下落了！"小胖娘一听提起小胖，就又落下泪来。金虎说："不要怕！支差这事真说不定遇上什么情况。去年我去支差不是也走了一个多月才回来吗？我想过几天他们会跑回来！""自然希望是那样！""我爹我娘和小兰娘都住在哪里？""都住在你说的那个新洞里！"金虎和小兰，自从警察搜索新洞以后，还不知道后来的变化，金虎想趁此机会打听一下，就问："新洞不是被他们的公安局占了吗？"李洪老汉说："你还不知道哩！他们那个公安局起先只是说到里边搜查一个人，后来他们县政府那伙忘八蛋就一齐搬进去住……""他们搜查的那个人搜着了没有？""没有！听说可能是被水冲走了！听说还冲走了一个搜查的警察！"小兰听到这里，哈哈地笑起来。老李洪看了她一眼

灵泉洞

说:"傻闺女!笑什么?""笑什么?其实里边藏着两个人哩,他们只知道一个!"说着又笑了。老汉想了一想就猜透了说:"原来就是你们两个人吧?"金虎接着问他们家里的情况,老汉说:"不忙!我倒得先听一听你们是怎样上山来的!"金虎扭不过他,只得把新洞里的故事,除了放走张得福、打死杂毛狼、冲走文件三件事以外,都向他粗枝大叶说了一遍。李洪老汉听完了说:"想不到石头里边还有那么大的世界!怨不得你们两个人的娘不愿意离开新洞,也许她们还以为你们两个人能从洞里出去。"金虎说:"可惜没有电筒了,要不真还能从那一头出去!你把外边的路告我说,我明天回去看看她们去!""不要忙!像你这腿,现在还不能走那个路!我会整骨头,等一会儿吃点东西,我给你把那块胯骨捏一捏,歇几天你好回去!"

这时候,已经后半晌了。老李洪把新打来的石鸡交给小胖娘说:"剥一剥和前响打的一只一同炖上,我去烧火熬盐去!"金虎问他盐是怎样熬法,他说:"先挑一挑水来,把土化开、澄清、去了土,把上边的水在锅里熬干,就熬出盐来了!"小兰说:"我帮你挑水去!"金虎说:"我看不如把土再挑到水潭边,把锅和水桶也拿去,就在那里烧起火来熬。"老汉说:"谁要再说金虎傻,算他认不得人!那里离得水也近、柴也近、地方又宽绰,多么方便啊?我看不如连鸡也拿到那里炖去,一会儿她们拔回野菜来也在那里煮。"小兰说："依我看锅碗家具也不要往回拿，只要是晴天，白天就在那里吃饭，晚上再回这里睡觉来；下了雨好回这里做饭来！"老汉说："好！我就是个好干新鲜事的人，你们想得比我还新鲜！就那么办！在这地方，有什么家具爱放哪里放哪里！放下黄金也丢不了！"大家就依着小兰和金虎的话，把做饭家具都搬到水潭边来过日子。太阳快落的时候，拔野菜的也回来了，鸡也炖成了，鸡汤里放着些山葱和木耳，闻着喷香，看着也顺眼，只是盐还没有熬干，李洪老汉就把快熬成的盐水舀了一点儿放在鸡汤里尝了一尝说："好！有了盐就比前几天那个好吃多了。"山葱这东西，在山里人吃起来，不只抵调料，而且抵菜，没有粮的时候还能抵粮。这东西，说是葱，其实只有点葱味，长得不像葱——是一个长把子上长着一片单叶子，像中药里边的藜芦，而且常和藜芦生在一个地方，要不小心把藜芦当成山葱，就会吃出事故来。闲话少说。他们这一锅菜，说成山葱熬石鸡，不如说成石鸡熬山葱，因为主要的东西还是山葱，要它也抵菜也抵饭。老李洪宣布了开饭，每个人都拿到了一碗石鸡熬山葱。

小兰一边吃着一边跟金虎说："把咱们的山药蛋拿来一些熬到里边就更好了！"李洪老汉不知道他们在山上发现了山药蛋，还以为是指家里留的山药蛋种子说的。他说："要不是因为二三十斤山药蛋，我们还许来不到这里

灵泉洞

哩！"金虎和小兰都觉得奇怪。金虎问："怎么为了山药蛋，就到这里来了哩？"李洪老汉说："小胖他们走后不几天，下了一场雨也没有下透，有山药种的，都抢着先种山药，我的和铁拴家的那点山药种没有剜出来……"说到这里，有点小事情要向没有种过山药蛋的人交代明白：一个山药蛋上边不是有好几个凹进去的窝窝吗？每一个窝窝，就是个要长芽的地方，种的时候，用刀尖把每一个长芽的地方剜出一小块来作为种子，把其余的部分又都做菜吃了。这是从前的老种法，"大跃进"以后怎样种，可还没有研究过。老李洪说山药种没有剜出来，就是说还没有把它一块一块剜下来。闲话少说，咱们还是接着听老李洪的话吧。老李洪接着说："……可是地里那一点儿渗①，种得慢了就干了。那时候，咱们四家只有我一个人会摇耧，我说：'你们妇女们在家剜山药种，我先把咱们留的那点谷种种到地里，明天再种山药蛋！'我前晌在地里种着谷，见人家别人刨窝窝种山药蛋，觉得有点着急，因为山药蛋早一点儿种好，可是到了后晌，就觉着幸亏前晌没有种——他们那县政府有些忘八蛋，把人家前晌种下去的山药种刨出来当野菜吃。我想：'这还成他妈的什么世界？干脆，把咱们那点山药种拿上山去！这地方不能住

---

① "一点儿渗"，渗入土壤中的少量水分。

182

了！不论种上什么，谁知道自己吃得上吃不上？'就这样我才回去和大家商量上山。你娘和小兰娘都不愿意来。她们说叫我们上山来种山药，吃野味，她们在家里锄拔那种下去的几亩谷，到了秋后谷子要收了叫我们还回去；谷子要丢了，她们好上山来！"金虎听了这话说："这么说来，灵泉沟真不能住了！过几天我回去把他们都接来好了！"小兰问："这里种了多少山药？"老李洪说："一共也不够三十斤种子，种了一小片。这地方就是山药蛋收成好，可惜没有种子！"金虎说："这个不愁！我们那边有种子！"老李洪问他们哪来的种子，他们把他们发现野山药的事说了一遍。李洪老汉说："奇怪！山药蛋哪里会有野的？"等到他打听清楚那个有野山药蛋的地方以后才点头说："我知道了：那地方在三十年前还有两户种山地的，也许是他们种的山药蛋没有刨尽，后来就传下了种。"金虎说："那不就成了野山药蛋了吗？"

李洪老汉说："既然有这种东西，我们明天就去把它挑过来种！"小兰说："咱们就种在那边还不一样吗？"李洪老汉说："这一回可不能听你们的！你们不了解情况。这么大一个阎王脑，只有三条路可以走人：北边的一条路不成个路形，很难走，只有很少的常在这山上放羊的人知道，问题不大；西边的路走到和去灵泉沟那条路岔路的地方，一直正西下去，可以走到日军占的地方；东边一下山，就有日军修的碉堡。我们要住到那边，万一日军要从这山上穿过去，就有些不便。我们住在这边保险得很——除了我和张得福，是谁也走不过来的！"小兰说："我们两个人不是已经走过来了吗？"老汉笑了笑，也不和她斗嘴，只说："我们明天就去挑山药蛋去吧！你们有什么行李也都顺路搬过来！"提到行李，金虎和小兰一齐笑了。金虎说："我们的行李就一把劈柴斧！"

十二

有山药蛋熬石鸡吃着，有李洪老汉这个正骨大夫守着，金虎的胯骨又待了个把月就完全好了。这天金虎要回灵泉沟探他的爹娘和小兰的娘，小兰和山上的人们给他准备了一些礼物，让他带着回灵泉沟。

金虎在路上住了一宿，第二天晌午就到了灵泉沟。他没有回田家湾，直接就到新洞里。一进洞口，见进口偏左一点儿烧着个柴火灶，他娘和小兰娘守着灶火上的一口煮菜锅坐着，他爹躺在个白草铺上。他娘听见洞口的脚步声，也毫不惊怕，只懒懒地问了一声："谁？"金虎听见是他娘的声音，赶紧喊："娘！我回来了！"两位老太太一听，猛一下都站起来："金虎？""是我！"金虎娘向小兰娘说："咱们又等着了！你的糊涂主意使上了！"原来自从那个土匪县政府搬出去之后，有好多在山上住的老百姓搬回这洞里来住；后来那些土匪们和村里驻的土匪兵都走完了，大家又都各自回了家。大家往外搬的时候，金虎娘主张也搬回去，她说："不用等了！人要还在里头的话，有一百也饿死了！"可是小兰娘不。小兰娘说："搬到哪里也是吃树叶！我只当给小兰守坟哩！你们走吧！我一个人住在这里！"金虎娘自然不能让她一个人在洞里住，所以就一同留下来。有些好心好意的邻居们，到地里去，路过这里的时候也常好来看看她们，每天差不多都有人来，所以她们听见有人来并不觉惊奇。小兰娘只见金虎不见小兰，并且见金虎是从外边来的，便问："你是怎么逃出去的？小兰逃出去了没有？""都出去了！""小兰哩？""在山上！""哪边的山上？""在阎王脑！""不管在哪里吧，总算把这一条孤根儿留下了！"小兰娘心落实了，反而流下泪来。金虎爹只有一只眼睛和一个耳朵管用，还放在下边靠着枕头，洞里的火光又不太亮，直到人家都答了话，他还没有弄清楚是谁，可是听见大家讲话，他又想马上打听是什么事，所以卷着个舌头问长问短。金虎娘望住他的枕头说："金虎回来了！"金虎也抢过去说："爹！我回来了！"小兰娘又从灶里抽出一根带火的柴来照亮了金虎的脸，金虎爹这才认出："金虎！你还在呀？"这老人家本来淌着泪的眼，泪流得就更多了。小兰娘问金虎和小兰怎

灵泉洞

么逃出去的，金虎娘说："我看咱们还是先搬回田家湾去再说吧！那里总比这里明亮一点儿！"金虎说："马上也就说不清楚！既然土匪们都走了，咱们就回去吧！"金虎娘说："咱们把这一锅榆菜吃了再走！"金虎说："枣树院叔叔还给你们捎来些好吃的哩！""你们碰上了？""碰上了！堂屋嫂和东院婶婶都在那里！"说着就把山上带来的礼物从一条破口袋里掏出来——一捆煮熟，又晒干了的山葱（这东西就是这种吃法，干的比鲜的好吃），三只熏鸡和一小布包盐。这些东西，在灵泉沟人看来都是宝贝。

他们吃过饭，就要搬家。金虎问："咱们的驴儿在哪个坡上？"金虎娘说："哪里还有驴？早被土匪们杀吃了！驴也没有了，行李也不多了——只有些破锅烂碗！咱们走两趟，先把东西送回去，给你爹安插好睡的地方，再来抬你爹！"

趁着平常应该睡午觉的时候，他们就把家搬回去了。田家湾的人大部分都逃荒走了，剩下的几家邻家见金虎回来都来问候。金虎一方面感谢大家，一方面仍得和大家说谎——说是被军队抓了差，直到现在才逃回来。

大家都正在金虎家的南房门外阶台上坐着问话，刘家坪的张兆瑞来了。张兆瑞也不像从前那张兆瑞：头发又白了好多，眼窝也陷下去了，手脸也都黑了，衣服也顾不上洗了……一身倒霉劲。大家正围着金虎问长问短，见他进来了，话头就少起来，不过大家对他们村公所那些人的威风，已经不大认账，除了金虎娘这个做主人的懒洋洋地让他坐下之外，别的人都没有和他打招呼。他坐下之后，见大家不多说话了，就先声明来意说："大家该谈什么还谈什么吧，我是来闲坐的，没有什么事！"其实他这声明是假的。他还是来给刘承业办事。大家也常说他这个神婆子走到哪里也会带一些鬼来，所以都想先找一点儿顶门杠子的话顶他一下。金虎娘是个会随机应变的人，马上想出关门的话来说："有什么谈的？还不是谈夜里该吃什么？能吃的都叫外边来的人吃光了，我们这些腿短走不出门去的人不是活该饿死吗？"张兆瑞本来要先说别的事，见金虎娘提起没有吃的，就也引起了他的心病话。他说："现在谁也不用告诉谁！有的也光了，没的也光了！灾荒年过了多少，也没有今年苦！你们知道，往年我的粮食要往三水镇卖多少趟，谁想到现在连树叶也没有本事弄下来！"金虎娘本来和他们这些户儿开不着玩笑，这时候也想趁势讽刺他几句，就说："你不要堵门子！我们也不敢向你借！借了也还不起！"张兆瑞却又一本正经地说："唉！有头发的谁肯装秃子？从前遇着灾荒，我虽然不像刘家那样趁着东西便宜置房买地，却还没有断过粗茶淡饭，从来也没有弄得像今年这样倒霉！粗糙粮食咱原来也还是有几颗的，可是叫人家替咱吃了！"有个人故意说：

灵泉洞

"我不信！你们成天给军队办事，军队还会把你们的粮要光了！"张兆瑞很伤心地说："喂不熟，喂不熟！都是只认粮食不认人的！"金虎娘又说："就算没有粮食，你还和我们不一样！你给刘家办了半辈子事了，他们吃着能叫你饿着？"提起这个来，张兆瑞略略摇了一下头，好像有点伤心，不过他觉着当着这些人的面，不是他诉苦的地方，只"唉"了一声，没有再往下说。旁边一个老太太，见张兆瑞提起刘家趁着灾荒年买东西，又见金虎娘说他给刘家办了半辈子事，以为他是来给刘家买东西来的，就想起卖东西来。她说："张先生！我求你给我办一点儿小事：我房后那棵大杨树，求你给我说一说卖给刘家。全灵泉沟还数我那棵杨树大！只要一斗米——好年景三石米我也不卖……""不行了！他今年连一分钱东西也不买了！他也说他的粮食叫军队要光了！""你不要推辞了！要是嫌贵，还可以少一点儿——不过一斗米已经是太便宜了。张先生！我知道你没事不到我们这里来！要房要地我没有！木料也是钱！就请你给我办办这点小事吧！"张兆瑞说："真不行！我倒是来给他们办事的，不过不是办这个事！"金虎娘已经给他顶上了顶门杠子，大家又都真穷到开不了锅了，所以不只不怕他再讨走了什么东西，反而想听听他又来给刘家办什么事。有个人冷冰冰地说："我想在如今这个时候，除了给他买点什么，再没有别的事情可办呀！"张兆瑞是个说客，很会随机应变找出打动人心的话来。他说："怎么没有别的事？大家饿着肚子没有吃的，难道不是大事吗？"金虎是个好说直话的人，他说："没有吃的刘家给发粮吗？跟我们要粮倒要得凶，发粮还没有见他发过！""倒不是发粮，是发地！二先生（指刘承业）说：'村里人逃走了好多，丢下了好多租种地，可以拣好的换给现在留在村里的佃户。要荒也先尽坏地荒，不要把好地荒了。'我想你们田家湾租种的都正是二先生的坏地，所以来和你们商量一下给你们换换！"刚才想卖树那个老太太问："要是人家还回来呢？"张兆瑞说："二先生说'换过就算换过了！他们回来叫他们种坏的！谁叫他们不安心在家哩？'"这些话猛一听起来，好像刘承业对这些没有逃走的佃户特别关心，可是这些佃户已经和他打了多年交道，对他这人早已摸得透熟，知道他不会有什么好心肠，不过是为了秋后的地租打算。金虎娘说："好地也罢，坏地也罢，今年反正没有指望了！咱这地方的俗话说：'伏不掩籽。'现在已经入了'头伏'五天了，还种什么庄稼？我看什么地也不要种了！"张兆瑞说："夏秋两季还有点树叶，到了冬天吃什么哩？咱这地方还有两句俗话说：'头伏萝卜二伏菜，三伏荞麦不用盖。'早的误了还能赶一季晚的。二先生想请你们各位租户一会儿到他家里坐坐，谈一谈今年的地还是怎么种好，怎样给大家把那些最坏的地

灵泉洞

换换！我还要到白土嘴去打个招呼，你们一会儿就请到刘家坪去吧！"他把他的话说完，就离开金虎家院里。院里的人一等他出了门，就纷纷议论起来："刘家把威风使够了，现在又想起种地的人来了！""我看是饿醒了！""他可没有饿着了，后院那个靠山的暗窨连口还没有开哩！粮食有的是！""旅部住在他院里，还会给他留下粮食？早就刨光了！"知道底细的人说："没有刨着！旅长的勤务兵住在有暗窨那个房子里，就没有找着窨口；兵走了以后还不到一个月，他自己能吃多少？"……一谈到去不去刘家坪的问题，有的主张去，有的主张不去。金虎娘说："不用上他那当！咱们吃的没吃的，种子没种子，时间又这么晚，牲口也叫他们那些土匪们杀完了，地还不知道种得成种不成，种上了到秋后又不知道谁来抢吃，他可要跟咱们要租。依我说去也可以，地咱不换，没有种上的趁这回给他交回去，荒也让它去荒，免得秋后跟咱麻烦！谁有法子想还要出去逃荒？人家除在外边受了苦，回来再给人家换些坏地，咱的心上也过不去！他有本事他自己去种，要不就让它荒着等人家回来再种！咱犯不着夺咱们自己人种的地！"大家听了金虎娘的话都觉着有理，就都往刘家坪交地去。他们到了刘家坪，别的庄上也有些人去了，只是村里人本来只剩了二十来户，除了不去的，也不过只到了十来个人——金虎娘没有去，只打发金虎去了。

这时候的刘家院已经不像从前那样神气了：村警都跑光了，刘家的用人都打发了，刘接旺已经通过他姨夫的关系到伪警备队当参谋去了。整个一座刘家大院前后中院只剩下刘石甫和刘承业两家五口人，接旺媳妇也亲自上碾上磨做饭洗碗了，院里的花也没人浇了，家里的猫也都懒得喂了，青草长上了阶台也懒得拔了，炉灰渣堆到墙角下也不往外送，洗碗水洗脸水也都满院泼，苍蝇嗡嗡地满院飞……院子倒是好院子，只是好院子住成这样，就更能看出他们的倒霉劲来。刘承业把客人让在中院的阶台上坐，自己却搬了一把椅子坐在对面。刘石甫没有参加他这个"盛"会。张兆瑞自己又到屋里搬出个方凳子来坐在刘承业的旁边。刘承业又把他那换地的假慈悲话重复了一遍，问大家有什么意见。大家把金虎娘提到的那些季节晚了、没有种子、没有吃的几个问题提出来。刘承业说："我看先把地换好，那些事情咱们一件一件商量。"金虎赞成他娘在家说的那不换地的话，就先向刘承业说："地不能换！出去逃荒的人已经够苦了，回来我们再把人家的好地夺了，都是个租种地的，那像什么话？现在没有种上地，不是因为地不好，是因为人家捣乱得我们种不上……"一提这个，大家的看法都一样，没有等金虎再往下说就都各自发表起自己的观感来："对！不是咱不种，是咱种上人家给咱刨了！""不用说换好地，就再比咱种那地坏一点

灵泉洞

儿，能早早种上的话，已经该出穗了！""也不旱，也不涝，都是人误了！"……

刘承业的目的就是想鼓励大家把地种上，免得到秋后自己落空，说换地不过是个引诱的话，见大家不在乎这个，也不坚持，就拨转话头说："不换也可以，咱们就谈谈怎么种吧，现在种谷子种玉茭都晚了，种荞麦就再迟半月还赶得上。我看最好是种荞麦——面好吃，产量也不太小，时间又赶得上……"有人说："没有种子！"刘承业说："这可以想办法！军队不会吃荞麦，没有把我的荞麦要去，不过可惜没有多少，要好好计算一下借给大家。你们先报一报谁能种几亩，让张先生替我开下个单子来，我研究一下再给大家分配！"他怕谁分得多了种不了吃掉。接着他问："这样可以吧？"好像还很民主。

金虎问："还出租不？"刘承业想：你这傻鬼！不缴租我请你们来干什么！不过他没有这么直截了当说，他只是冷冷淡淡地说："那当然该怎么样还怎么样了！"金虎说："那可不行！种谷打多少？种荞麦打多少？租约上写的是死数目，种荞麦连那个数目也打不够，我们还吃什么？"刘承业想：这傻家伙怎么还知道这么多？可是他还想开开金虎的玩笑，就故意让金虎出主意。他问："依你说怎么办？""依我说打多少算多少，按成分账！"刘承业觉着奇怪，他又看了金虎一眼，想：你懂得什么叫按成分账？他又问："怎么个分法？"金虎说："打下荞麦来以后，除了你的种子，其余按二八分，我们得八成你得二成！"刘承业说："你比共产党的减租办法都减得多了！真是共产党员的哥哥！等共产党来了你再那么办，我没有说的！现在还不是那样时候！"一个老年人替金虎解释说："金虎说的我看也不是要减二先生的租。荞麦这东西收成薄，种谷子对半分也够吃了，种荞麦我们就分八成也不见得有谷子那一半多。要是种一季庄稼，末了还是个没吃的，不是都提不起劲来吗？"刘承业说："你们分八成才够吃，我分二成该吃什么？"金虎说："我们分八成只是各家分各家种的那一点儿，你分二成是每家都分给你二成。你几口人，我们几口人？""你倒也不傻！会算账！可惜地是我的，不能由你算！要是你们的地，我连一成也不分你们的！""我们要不种你能分几成？"刘承业站起来指着金虎说："你这个傻瓜！让你说几句话你就认不得你是谁了！不种我的地你吃屁吧！我分不上你吃得上吗？"金虎这时候也知道他已经没有村公所和土匪军队那两座靠山了，就放开胆子顶住他说："不种地我们又不是坐着饿肚子的！树叶也能多采它几筐子！地给你交回来，租约退给我，我去采树叶去！""树叶也是我的！你姓田的在灵泉沟只有那一座房子！""树叶是谁采到手算谁的！你要说太阳也是你的，我们就该钻洞吗？""你抢了我吧！依你说什么

灵泉洞

东西都没有主了！没有想到漏了你这么个共党分子！""是共产党你又怎么样？你还嫌没有把灵泉沟人害完吗？"刘承业又指住金虎放开嗓门子去骂，可是一张开嘴，气又喘不上来，憋得他又坐回椅子上去。这时候，张兆瑞抢到他跟前给他揉胸，劝他不要和金虎这个"傻瓜"较量，那个老年人怕金虎惹出事来也劝金虎少说几句，忙成了一阵才又稳定下来。张兆瑞劝刘承业继续和大家谈下去，刘承业说："我先把金虎家的租约退他叫他走！和别人谈不谈不与他相干！"说罢就回房里去找租约。金虎见他要单独收回自己租的地，就想趁势再把他娘在家说的那话说一遍来提醒一下别人。他说："退了痛快！我早就不想种了！这样晚的时候，种上地还不知道成得了成不了，成了还不知道自己吃得上吃不上，耽搁得连树叶也采不到手，回头他还要要租，我图的是什么？"刘承业在屋里听见这话要坏事，隔着门嚷："你小子少说两句废话好不好？"金虎在院里顶他说："一个人长着嘴就要说话！"刘承业知道已经压不住金虎，再说得多了让他越顶越丢人，就不再接他的下音，匆匆忙忙把他的租约找着，拿出院里来递给他说："给你给你！"金虎接住租约正往外走，刘承业顺口补了一句说："拿上走你妈的！"金虎连这也不让他，回头顶了一句："你妈的！"刘承业后悔他自己不该多补那一句，还想再说句什么争一争面子，可是还没有等他想好，金虎就胜利而去。

金虎去后，会仍然又开下去。金虎的话已经打动了好多人心。好多人想到地不能种了。刘承业说："不按租约出租也可以，不过不能像'傻瓜'说的那二八分。大家也得替我想想！我……"白土嘴一个人站起来打断他的话说："二先生！按几成分账我都没有意见，只是我的腿在前几天受了风，不能着重，说不定几时才会好。我看把我租种的地也让给别人种算了，等我的腿好了，二先生再租给我一点儿别的地种！""你的腿好了，别人把我的地租种完了你怎么办？""不会！二先生的地多得很！真要是那样的话，我也只好另想法！"他这么一说，跟着又站起来好几个人来，有的说"家里有病人"，有的说"已经饿得没有力气了"……虽然理由不同，目的都一样，都想把地交出来。刘承业有点为难。他想："这一定还是嫌租重，可是要照金虎说那二八分的话，一放开那个规矩，以后就再不容易涨起来了。"闷了一会儿，他想不出别的主意，最后想到二成也比放了空强一点儿，就赌了赌气说："好吧！就按二八分！这可没有说的了吧？"有些人同意了，有些人还坚持要交地。这时候，天快黑了，刘承业向那些要交地的说："你们究竟为的什么？就为的和我怄气吗？"那个老年人说："不瞒二先生！说实话是大家光吃树叶做不了活。二先生是不是能特别开恩每家借给几斗粮食呢？"这老人说得虽然十分客气，刘承业一听可就火了。他想：二成荞麦还不知道能收几颗，每户倒先要借我几斗！到秋后你们还不起，我能把你们怎么样？不行，这个要求不能答复。他说："往年大家也不是没有借过我的，只是今年不行！军队在这里住着把什么都吃光了，我自己还是在囤底扫了一点儿土粮食吃的。不是不借，是没有！"白土嘴那个人说："我也知道二先生没有，所以就不敢张口。还是请二先生把租约还我吧！"刘承业见希望不大了，就又赌气说："好！交地就交地吧！"另有些人说"我也交""我也交"……

就在这时候，从外边走来了原来的一个村警。他走到刘承业跟前打了个招呼说："村长你好！"刘承业一见是他，就责备他说："这一向你们都跑到哪里去了？村里一点儿次序也没有，还有漏下的共产党，你们怎么那么心静地走开了？""这个以后再说吧，有……""什么'以后再说'？"刘承业见他在自己面前这样大模大样地说话，实在不成体统，可是那个村警一点儿也不在乎，只是接着说："有一位副连长要见你！"刘承业一听提起军队的人就有点头疼。他低声说："就说我不在！"就在他说这句话的时候，那位副连长和两个兵已经走进中院来。副连长问："哪位是村长？"村警说："这位就是！"副连长向刘承业说："对不起！我们来打扰你！我们连里的给养一时有点困难，请把你后院暗窖里的粮食借给我们用了吧！以后我们领来了再归还你！"刘承业想：你怎么会知道我后院暗窖里有粮食？想到这里看了村警一眼就明白了，暗暗埋怨说："怪不得你大模大样的！原来就是你搞的鬼！"

这个村警，在刘承业他们看来，是杂毛狼死后最能干的一个，有人叫他是"狼羔子"，是从村公所散伙以后跑到部队里去的。前一些时候，驻在山里的兵不是常到接近平川的地方打给养吗？这些兵，开始还是以排、连为单位被上级派出去打给养，后来被派出去的部分慢慢都不和他们的上级联系，干脆各自成家，游到哪里吃到哪里，有的连他们自己原有的番号都不带了。在刘家坪驻扎的旅部，也是把人派出去都收不回来才走了的。这个狼羔子村警最喜欢那种局面；那些部队也都欢迎狼羔子这种人物，两下一凑合，狼羔子就成了红人。在开始，前山头的部队少、粮食多，到处可以敲诈出东西来，后来各部分都看到这种便宜，都到那地方去称霸，就变成部队多、粮食少了。狼羔子参加的这个部分，原来是驻在三水镇对黑虎崖的炮兵连，这时候已经把炮埋了跑到前山头去当土匪。狼羔子帮着他们刨了好多窑洞，抢了不知道多少宝贵的东西，后来前山头再也找不到大批粮食，才想起灵泉沟刘承业这位老上司来。

狼羔子已经做了介绍，刘承业想跑也跑不了，张兆瑞

灵泉洞

趁着狼羔子还没有介绍出他自己名字来，一转身就往外跑，佃户们也都跟着往外走。那位副连长吩咐跟着来的两个兵说："不要让他们走了！还有事！"这时候，张兆瑞和几个动身早的佃户已经走到前院，跟副连长的一个兵向外边喊："不要放走了人！连长留他们有事！"前院门口有些兵挡住了门，连张兆瑞在内都没有走出去。

刘承业勉强装了一点儿笑容说："官长！屋里坐吧！"副连长说："不客气！天也晚了，我们还要赶路！请你先开了门让他们装着粮食咱们再谈！""你请到屋里坐一会儿，我拨人给你装！""不用！我们有人！"回头向一个兵说："叫他们把口袋拿进来吧！"那个兵跑出去一传话，滴里瓜拉进来了好几十个兵，也有拿口袋的，也有只背着一条枪的。这些人不像一般部队那样见了官长先敬个礼然后等待命令，而是见人就问"粮食在哪里"，问得一些佃户回答不出来，只好说不是这家的人，而他们还都不相信。狼羔子这时候还起了点好作用。他说："不用问他们！那都是些穷佃户！村长在这里！"拿着口袋的兵听他这么说，就挤到刘承业跟前来，跟着副连长把刘承业围住；其余的兵，有的站在旁边助威，有的随便到各个房间里翻箱弄柜。狼羔子露着得意的神气催刘承业说："村长！你就把那个钥匙拿出来吧！"刘承业气得翻着白眼说："好！你算升了官了！""就这么一回事吧！你是明白人！"每个人背着一条枪，乱七八糟站下一院，刘承业自然再没有什么好说的，只好回房去取钥匙开门。拿口袋的兵跟着刘承业往后院走，中院里只剩下佃户们和张兆瑞。副连长说："留你们没有别的事，请帮忙往外扛一扛粮食！"在这种情况下，大家也只好跟着扛。张兆瑞没有用惯这种气力，扛撒了一口袋，有个兵揍了他一枪把子。

大家帮着把粮食搬到大门外，早有十来个驮骡站在门外，骡子身上都搭着专为驮炮用的铁架子鞍。赶骡的兵叫佃户们帮他把粮食绑到驮子上，副连长也出来了，刘承业跟在后边送客。副连长点着名字叫两个兵："王天庆！""有！""朱来宝！""有！""咱们借的粮今天运完，派你们两个在这里守着！""是！""别的部分来借的话，就说是我们的存粮！""是！"刘承业一听这话愣住了。他想：怎么呀？拿了二三十口袋还不行？我的粮食算全部给了你们了吗？怎么说你们"借的粮食"还没有拿完？你们问过我吗？副连长也不管他是怎样想，只和他点了点头说："麻烦你！明天见！"刘承业虽然也应酬着，心里却想：最好是明天不见！

抢粮的走了，王天庆和朱来宝留下了，佃户们也都离开了刘家坪。刘承业送走了副连长，一回到自己房子里，就见接旺媳妇拉着他老婆哭。他问哭什么，接旺媳妇不说话，他老婆要说话又没说的。他一见这情况，知道是接旺媳妇吃了亏，也没有再往下问，只是摇头。一会儿，接旺媳妇止住了哭，刘承业就向他老婆说："这地方住不得了！他们明天还要来，还留着两个人看管咱的粮仓——怕别的部分来拿——看来他们非把咱的粮食拿完了不行。这些人咱惹不起！我看咱们不如逃出去——逃出去人总能不受伤！"他老婆说："逃也没个逃处！"接旺媳妇抢着说："娘！爹的话对！咱们马上就走，死到外边也比在家好！"刘承业说："我看就逃到城里找他二姨去！接旺也在那里，照顾一下也挺方便。"

话说到这里，三个人的意见就一致了。刘承业吩咐拣值钱多的东西随身携带一点儿，趁着两个兵向他们要些面去做饭的时候，三个人就悄悄溜出门去跑了。

十三

刘家坪又来了军队，灵泉沟人谁也不敢不理。田家湾和刘家坪隔着一条河沟正打对过，田家湾的人都跑到枣树林里看动静，别的小庄上也有到这里来看的。

田家湾有些人知道金虎到刘家坪去过，见了金虎，就问刘家坪来的部队是哪一部分，别的去开会的人为什么还没有回来。金虎见问，就在枣树底下叙述在刘家坪开会的情况，谈到他怎样顶住了刘承业，大家都很满意。只是金虎回来得早，部队来的事和开会的最后结果他都不知道。

　　说话间天已经黑了，早已挂在当头上的月亮慢慢亮起来。月亮下边看什么总不十分清楚。大家见刘家的大门外许多人马的黑影忙乱了一阵，又排成一个长条下了坡，知道是军队已经离开，至于往哪边走了，因为转了弯，被岸挡得看不见了。又隔了一会儿，田家湾去开会的人回来了，大家就走出枣树林围上来问。有人把金虎去后刘承业怎样答应了二八分账，答应了借给荞麦种子，大家怎样提出借粮，刘承业又怎样推说没有粮，军队怎样逼着他开了暗窑把粮食拿走……详详细细说了一遍，大家更觉得痛快。有个人说："粮食还厚得很！除军队拿走的三十多口袋不算，剩下的至少还有一百口袋以上！"成天吃树叶的人们，一听说有这么多的粮食，兴趣大得很，马上就纷纷议论起来："真可惜放着粮食吃不上！""咱们吃不上，他也吃不上！便宜了土匪兵了！""现在咱们去借，刘承业准借给！借给咱们还能指望咱们还他，土匪兵吃了是一去不回头！""他愿意了，有人不愿意，说还不是白说？""我看咱们也可以和那两个留下来的兵商量一下。粮又不是他们的，又没有个准数，咱们少拿一点儿，他们的人再来了也看不出来。咱们可以先求他做个人情，他同意了再进去和刘承业商量！""算了算了！那些兵还有通人性的？""也说不定！他们也都是老百姓出身，不过是跟着他们的头儿

灵泉洞

学坏了！难道不会遇上个通人性的吗？""谁管去说？""我
明天去。""明天人家的部队就来了！要去现在就得去！""现
在黑天半夜谁敢去？要是说顶了，那些家伙们是不留情
的！"站在金虎背后的一个人悄悄地指了指金虎的脊背向
大家努了努嘴，大家也都会意，都向金虎看了一眼。有个
人说："金虎！你支差支得多了，该摸得着这些军队一点
儿脾气。你是不是可以去替大家打这一次交道呢？"金虎
说："跟他们说话倒容易——不答应不过成不了事，咱们
也不贴什么本钱，只是要我去跟刘承业那老家伙打交道我
不去！他的粮食都是咱们的！八路军打回来咱们再跟他
算账，现在去他名下求情，我看还不如吃树叶！"有个老
汉说："我跟你两个人去！你管说军队，我管说刘承业！"
金虎说："那倒可以，不过两个人去也不行，得大家都去；
这时候不能跟平常一样慢慢由他过斗、记账，只能是说的
说，装粮的装粮，他要赶得上记就记某人取了一口袋，赶
不上记就多拿几口袋也不算对不起他，因为他向我们要的
那代购粮究竟给了军队多少，他吃了多少二毛①，谁能查
清他的账？我看这样吧：我们两个人先到里边和那两个兵
说着，你们大家三个两个地拿上口袋往里边走着，不说刘
承业，就是那两个兵，见我们人多了，话也许就好说一点

---

① "二毛"，方言，"便宜"的意思。

儿！"要是在常年，灵泉沟的人们见个拿枪的就躲得不敢
露面，这几年，一来八路游击队在村的时候有好多年轻人
当过民兵，二来又被日军的扫荡和这些土匪兵的折磨也磨
炼出几个有胆量的人来，三来吃了几个月树叶实在不愿意
把这一百多口袋粮食轻轻放走，所以有几个年轻人马上赞
成了金虎的办法，有几个别的庄上的人也都自愿回庄上再
叫些人来同去。大家商量好了，拿口袋的拿口袋，叫人的
叫人，忙乱了一会儿，又都集合到枣树林里。金虎查点了
一下人数，有十四个人，其中有五个和他都在一块当过民
兵。金虎分拨了一下谁先走谁后走，谁和谁走在一起，自
己就先和那个老人动身往刘家坪去。

　　他们两个人走到刘承业的大门口，见大门没有关，就
慢慢走进去。前院里每个窗户上都没有灯光，只有刘石甫
的窗上红红地亮了一次，马上就又停了，大概是刘石甫在
家吸旱烟。他们通过前院走进中院，见西南角上的厨房里
有灯光，又听得咯咚咯咚响，就走进厨房去。那个名叫朱
来宝的兵正站在案旁切面条，听见了脚步声，抬头一看，
和他们打了个照面。金虎他们一齐向朱来宝打招呼："还没
有吃饭吗老总？""没有！"金虎说："我帮你做吧？"说着
就走到灶前替他烧火。朱来宝说："谢谢你！"朱来宝只顾
擀面、切面，炉里的火着残了锅还没有开，也正该料理料
理了。老头儿见朱来宝这人很和气，就婉婉转转向他提出

灵泉洞

要求说："老总！我们求你个事：我们这里去年遇了灾（其实没有遇过天灾，都是被刘家要光了），树皮树叶从春天吃到现在，饿得大家死去活来的。今天后晌，我们正来和村长商议借点粮食，你们一进来我们就再没有谈下去。现在我们还想跟村长谈谈借点粮食，你看可以不？""村长的粮食都借给我们了！""我知道！不过粮食很多，我们少借一点儿，你们的部队来了不会看出来！老总！你就救救我们这几十条命吧！大家肚子里都饿得着了火了！"……

他们谈着，其他的人也都断断续续走进来，也有在厨房里的，也有在院里的。有些人也哀求着："老总救命吧！""救我个命我一辈子也不忘你的好处！"……这朱来宝原来也是农民，当他长到十岁时候家里遭了灾荒把他的寡妇母亲饿死了，他才被一个贩卖人口的带到豫东卖给一家姓朱的农民当儿子。"来宝"这个名字是朱家给起的。说起吃树叶他不外行，曾把他吃得脸肿到脖子根。他见来借粮的人有三四个肿了脸的，就联想到当年吃树叶的苦处，心里有点活动。他正问来了多少人，忽见窗外有人打电筒，就听得那个叫王天庆的兵在院里喊："谁！干吗这么乱七八糟的？走走走！"有个人说："老总！我们是老百姓！""干什么？""向你们求个情借点粮！""呸！都是你妈的什么眉眼！快滚！朱来宝！你他妈的怎么搞的？谁让你给他们开门？"朱来宝知道这家伙是个流氓，怕他对这些吃树叶的人再动手动脚的，就抢到厨房门口和他说："快进来吧！不要那么咋咋唬唬的！你守着门，你问谁？""我守门不守门你管得着吗？"这家伙什么毛病都全占，在部队里也常常欺负老实一点儿的人。朱来宝叫他帮着烧火，他说他要到前边守门；说是到前院守门，出了厨房可就溜到后院里去；见后院西房点着灯，进去一看没有人，就想翻翻箱柜；翻着梳妆台的抽屉里有些脂粉、首饰，知道是年轻女人住的房子，就想等着人家回来戏弄一番。前院的大门本来是他关上的，可是就在他玩弄着首饰等好事、朱来宝在厨房里和面做饭的时候，刘承业两口子和接旺媳妇就从中院北房溜出来逃走了。大门是他们三个出去开了的。王天庆在接旺媳妇房子里一边拿着一个戒指往自己的小指上套，一边静听着院里有没有脚步声，忽然听到中院里扑通扑通响，脚步声倒是脚步声，不过不是他等的那脚步声。做贼心虚，王天庆觉着要等这些脚步声走进这后院西房里来，纵然自己带着一条枪也不是他们的对手，不如先出去看看情况。他到了中院，打着电筒一晃，见是些拿着口袋借粮的老百姓，就放了心，骂起来。不过他不知道刘承业一家三口逃走的事，还以为是朱来宝开的门，所以骂过了老百姓，也顺路骂到朱来宝头上。朱来宝也不知道刘家逃走的事，反以为是王天庆给开的门，所以就怪他说："你守着门，你问谁？"王天庆听朱来宝这么

灵泉洞

一反问，还以为朱来宝已经知道他到后院去的事，所以又
着急地说："我守门不守门你管不着！"到这时候，朱来
宝让了一点儿步说："好好好！咱们谁也管不着谁！现在
面条该下锅了。你进来！咱们煮上面条吃着再商量！"王
天庆也饿得差不多够受了，听说吃饭也还感兴趣，就走进
厨房里来。和金虎来的那位老人说："金虎！你帮着老总
们烧火下面条，我去找一找村长去！"

　　老头走进北房，北房里点着灯没有人；找到后院，西
房点着灯没有人；叫了几声"二先生"，也没有个人应声；
摸了摸别的屋的门子，一个一个都锁着；找到前院问刘石
甫，刘石甫说"没有发明（就是没有见的意思，是刘石甫
的省城话）"。老头觉得奇怪，又返回厨房问朱来宝说："村
长一家人都往哪里去了？怎么一个也找不见？"朱来宝问
王天庆："村长他们出去了吗？"王天庆说："我怎么知
道？""你不是去看大门去了吗？""没有！我肚子有点不
舒服，在屋里睡了一阵子！"朱来宝问金虎："你们进来
的时候，谁给你们开的大门？""我们进来的时候大门就
是开着的！"老头儿说："那还找什么？一定是跑了！"金
虎说："他们跑了就更好办！老总！你看村长也走了，让
我们拿上点粮食，明天你们的部队来了不是谁也不会知道
吗？你就叫我们拿上点吧！"朱来宝说："你们有几个人
啊？"王天庆说："问那干吗？谁顾上跟他们搞那个麻烦？

206

这对我们会有什么好处？"又转向金虎他们一伙人说："不成！上级没有命令，我们不能借给你们！快走吧！"老头说："好老总！我们借在前，你们借在后；你们多吃些，我们少吃些还不行？""老家伙！你还要跟我们说理是不是？""好老总！我知道你不说理，不过……"老头本来是想说"我不敢和你说理"，可是不知道怎么样一下说错，就说了个"我知道你不说理"。王天庆一听火了，没有等老汉往下说，就狠狠地举起巴掌朝着老汉头上打来。幸亏金虎手快，一把架住王天庆的胳膊说："老总不要动气！要打你打我们年轻人！那么大老人可受不住你这一下子！"王天庆说："你妈的，我要问他谁不说理？"朱来宝说："天庆你少咋呼咋呼行不行？那么大老人家是你骂得的？人家要说理你不让说，是谁不说理？""好！你是老善人！老善人该去修道去，谁叫你来当他妈个穷兵？没有上级命令，你拿粮食做人情，老子就不愿意！""粮食是你家的？什么上级下级的？你不是不知道咱们是什么队伍！""不愿意当土匪为什么你不滚开？土匪又不是没个头儿！不服从命令照样枪毙得了你！""枪毙也轮不着你来毙？我就要把粮食借出去！""你要起反我就管教得了你！""什么叫起反？""不服从命令就叫起反！""抢人家的粮食不算起反，借给人粮食倒算起反！谁给你定的这法令？"朱来宝说到这里就向门外喊："大家都去装粮

灵泉洞

食去！有什么事朝我说！"王天庆从背上卸下大枪来，抡转枪托往朱来宝的顶门上打，朱来宝忙向旁边一闪，王天庆的枪托子打在地下。朱来宝的个子瘦小一点儿，王天庆不把他放在眼里，就丢下大枪，双手把他抱住正要往地上按，没有想到这一下又激起了金虎的愣劲。金虎见朱来宝要吃亏，就抢到王天庆背后，双手把王天庆连胳膊带胸部抱在一起，好像给他上了一道铁箍，任他怎么挣脱也挣脱不了，只得丢开抱着朱来宝的手。朱来宝气极了，顺手抓起案上的厨刀用刀背向王天庆的顶门上打。虽说是个刀背，王天庆的脑盖也抵抗不住，只挨了一下，脑袋就耷拉到一边，全身的骨头马上都软下来，金虎一放手，他就软软地倒在地下。大家见这情况都愣了。朱来宝虽说跟着他们胡混了几年，可还是个老实人。他摇了摇头，唉声叹气地说："真没有想到今天夜里会闹出人命事来！这样吧，我闯下的事我来顶，大家不要怕！大家既然是为借粮食来的，还是去拿上些粮食回去吧！"那位老人向大家说："我看这粮食咱们不可以拿了！这位好老总为了咱们弄出事来了，咱们再要拿走一部分粮食，不是给他加麻烦吗？"朱来宝说："已经惹下了大麻烦，就不在乎那点小麻烦了！"金虎说："我看也可以，没事！你不要回那部队上去，不就完了吗？"朱来宝说："那个我也想到了，不过我一走开，事情就成了你们的！我老实告诉你们说，我们那部分军队现在已经变成了土匪！你们要打死他们个人，他们会来把你们的家抄了。大家来借粮，粮也没有借上，我给你们惹下一场祸，我觉得实在有点过意不去！你们走吧！还是我一个人来顶！你们就是不拿粮食，他们也不会放过我。我看还是不如拿上点！"大家听了他这番话，没有一个不受感动，眼眶里都骨碌骨碌落下泪来。老汉说："我的好老总！一万个人里边也遇不到你这样一个好人！"金虎说："老总你不要回去了！我觉着有办法！我们把他抬出去埋了，你不说、我们不说、村长他们一家子又不在，没有人会知道。你再一走，你们的部队来了，不过以为你们两个开了小差，也碍不着我们的事！"朱来宝自从金虎帮他抱住了王天庆，就已经感激得很，现在又听他想出一条很周全的计策来，越发觉着金虎是个十分难得的朋友。他说："老弟！我也学那位老人家说句话：一万人里边也遇不到你这样一个好人！这回我完全听你的！请你再帮我一次忙，咱们把这个该死的东西抬出去埋了！"有个跟金虎在一块当过民兵的青年说："用不着你们去，我们几个人也办得了这点事！"金虎说："不要忙着处理他！他自己已经不会跑了，别人这会儿也不会去报告！依我看，事情既然闹出来了，就索性再闹大一点儿：现在这地方的村公所、县政府、军队，还有到山里来扫荡的日本人，根本都是土匪！我们的家，早被他们抄得再没有什么抄头了，

灵泉洞

还有什么怕的？这里的米面锅灶都现成，我们不如先做上一大锅饭大家都饱饱吃上一肚，吃饱了就搬粮食。要把这里的粮食一齐搬到新洞里，够咱们全村剩下来这二十来户吃一年！"有人问："要是军队找来了哩？""找来了我们不过钻山！只当土匪军队多来驻了一回！只当日军多来扫荡了一回！有什么了不起的？""要是找着了粮食哩？""找着了他们不过搬走，我们不过还吃树叶，也不算赔本！我们现在不就是吃树叶吗？可恨我们民兵的武器都叫他们搜去了，要不他们来了我们把洞口一堵，吊上些手榴弹，埋上些地雷，连粮食也损失不了！"又一个当过民兵的青年说："你才回来还不知道哩！现在的武器可多得很，光他们那个公安局丢了的、埋了的大枪和手榴弹，就比咱们民兵原来的多得多！有些人见了悄悄拾回去不敢叫人知道，有些人拾起来又埋到别处不敢拿回家去，有些人见了连拾也不拾。光我一个人就拾了两条大枪、五个手榴弹，都还埋在外边哩？"他这么一说，别的人也报起数来——你三条、我两条；你两颗、他三颗；你一排、我两排，步枪、手榴弹、子弹，马上报了一大堆，不过没有别的枪支。金虎听说有这么多的东西，越听越起劲，听着听着他就又想出好主意来。他说："有人有家伙，我们的粮食保证丢不了！刘承业说我是共产党，可惜我不是，不过我想咱们可以共几天产：我们今天夜里先把这里的粮食倒出去，倒得新洞里，明天和全村各户商量组织一个大灶，谁愿意参加咱们的大灶，就都搬到新洞里去住。咱们把愿意参加的人组织一下，分一部分人管咱们已经种上的庄稼，一部分人打柴，一部分人做饭，一部分人站岗，还有些什么事想起来再说。咱们把老羊坎露天的那一面修上一堵墙，有什么动静就把老老少少行动不方便的人先撤到那里去住，让民兵守洞，万无一失；真要有大部队再住到咱灵泉沟，咱们就一同撤到阎王脑去住，那里更有保险的地方！"有人问："明天的部队来了要攻新洞怎么办？""只要有枪、有手榴弹，只用两个人守住里边的套间，有一千人他们也攻不进去！""要是人家把洞口堵了哩？咱们也出不来呀！""不怕！里边有出路！路不太好走，不过只要有电筒，年轻人是可以走得了的！""没有路吧！""有！""你怎么知道？""我走过一次！""出去是什么地方？""阎王脑！"四五个青年民兵高兴得闹起来："真要是那样，来一万人也不怕他！""干！我们把灵泉沟守住，连刘承业也不让他再回来！""除了八路军，谁来了揍谁！"……朱来宝说："我叫朱来宝！原来也是吃过树叶的老百姓！你们真要能这样干，我也不走了！请你们帮我换一套便衣，我参加你们的队伍！"大家都说："欢迎。"金虎说："那好得很！请你教我们练武！"老汉低声说："咱们把声音放低一点儿！刘石甫还在前院哩！"金虎也放低声音说："对！

灵泉洞

我们就把他忘了！"有个青年说："我们先把他收拾了吧？留下那么个不干不净的东西没有好处！"他这一提，有好多人先赞成。金虎想了想说："刨一镢头也是动了一回土，打个窑也不过是动了一回土！干就干了他吧！咱们不收拾他他就想收拾咱们！干！我去！"金虎拾起王天庆的大枪，一个青年又取了王天庆的手电筒，四五个人都跟着金虎往外走，朱来宝提起自己的枪拿起自己的电筒来赶着说："我也去帮个忙！"四五个人一同来到前院，见刘石甫屋里没有点灯，揭开竹帘子用电筒一照，门已经锁上了。原来当那位老人家到他家去找刘承业那时候，他听说刘承业全家都逃走了，埋怨了一阵刘承业走的时候不该不叫上他，接着就卷包了一点儿贵重东西拉上他老婆也跑了。金虎说："走了算他的造化高！咱们回去做饭去吧！"大家又回到厨房，就见王天庆的死尸还堆在地上。一个青年问金虎说："这东西怎么处理？"金虎说："来！咱们把他暂且拖到门外，等吃过饭搬粮的时候，把他捎到新洞里，让他和被水冲走的那个警察一路去吧！"

这天夜里，就照着金虎的安排做了。那个当了土匪的炮兵连，抢了这一遭粮回去之后，别的部分把他们驻的村子占了，两家都不让，动了一回武，打了个乱七八糟，第二天也没有到灵泉沟来，隔了几天来了，人也没了，粮也没了，还只当是别的部分抢了去，也没有追究就走了。

新洞里开了大灶，把村里人都组织起来了，大家推选金虎和朱来宝做正副洞长兼民兵的正副队长。村里人有的搬到洞里来住，有的只在洞里吃饭仍住在家里。不论住在洞里住在家里，都参加一定的工作，谁管照料庄稼，谁管打柴，谁管拔野菜（因为没有菜吃），谁管种秋菜，谁管做饭，谁管碾米磨面……都各有分工，每一件事都有专人负责。张兆瑞也要求参加，大家讨论了一下，不让他住在洞里，只准在洞里吃饭。他不会做什么，大家让他学习劈柴、烧火。他老婆和儿媳、女儿，也都参加了缝补小组。

过了几天，生活过顺了，已经种上庄稼的地本来就不多，做了几天也就没有多少要做的活了，金虎便拨了些人，临时组成了个修建小组，把老羊坎的露天的一面修了一堵石墙，把里边堵成个走廊式的大屋子，墙上每隔一段都留着窗户，住起来要比洞里明亮得多。这地方准备叫有时候匪军占了村子，老百姓搬上去住。

又过了些时候，金虎准备了些松柴，配着两支电筒，同几个青年和朱来宝，走洞里那条路往阎王脑去过一次。他们和老李洪商量出山上山下互相支援的办法来。办法是这样：把阎王脑石崖南边沟两岸几处石坎也修上墙，准备万一老羊坎也待不住的时候全村人都搬到这里来住。等山上的山药蛋成了的时候，村里拨人来把山药蛋收了，切成片、晒干存起来，准备叫山下的人来了吃。山上没有粮，

灵泉洞

到了冬天天气也冷。山上的人收过山药蛋之后都回村里去住，到了种山药蛋的时候再拨人来，种完了就回去，锄的时候、收的时候再来。山上的行李不用往下带，没有的东西再从山下带些来，利用这地方没有人找得到，放下什么也不怕丢了。这样把山上山下和老羊坎安下三个据点，大小战争都应付得了。

灵泉沟实行了金虎的共产办法之后，果然对日军的扫荡、匪军的扰乱都应付得过去，过了一年零八个月，大小战争都经过几次，群众可没有什么损失。村里大大小小都佩服金虎胆大心细，再没有人敢以为他是傻瓜。

到了一九四三年三月之后，情况就有了大的变化：土匪兵集体投敌，八路军分头入山，灵泉沟人到那时候才能算重见天日。

本来我应该接着写下去，只是再写下去就要误了我今年应该参加的劳动锻炼，所以只好等我锻炼一个时期之后再继续写吧！①

---

① 本自然段，最初发表时与前段之间隔一行。